W0470268

BAND 48 DER EDITION LYRIK KABINETT

Herausgegeben von Michael Krüger, Holger Pils und Piero Salabè
Gegründet von Ursula Haeusgen

Luljeta Lleshanaku

Die Stadt der Äpfel

Gedichte

Aus dem Albanischen, ausgewählt und
mit einem Nachwort von Andrea Grill

Carl Hanser Verlag

Die Frau und die Giraffen

Die Frau glaubt
einst war sie Teil
einer Giraffenfamilie.
Ihre warme Haut
frittierte die Luft – bratpfannengleich.
Die Kraft der Giraffen steckt im Hals
lang, muskulös.
Auch ihre Qual liegt am Hals,
das fortwährende Hinunterbeugen zu den kurzen
    tropischen Hölzern
der Savanne.

Eines Tages wurde die Landschaft ausradiert.
Die Köpfe, die zarten Knie, der gefleckte Rücken.
Nur die Hälse blieben, der gebogene Hals der Giraffe
verloren mitten auf dem weißen Blatt,
eine der beweglichen Leitern auf dem Flughafen,
sie wird langsam über die nasse Piste gezogen,
wenn das Flugzeug abgehoben hat.

Gruaja dhe gjirafat

Gruaja kujton
se dikur bënte pjesë
në një familje gjirafash.
Lëkura e tyre e ngrohtë
e piqte ajrin si tjegull.
Fuqia e gjirafave qëndronte te qafa,
qafa e gjatë dhe muskuloze.
Vuajtja e tyre ishte po qafa,
përkulja mbi drurët tropikalë, të shkurtër.

Peizazhi u fshi një ditë,
u fshinë kokat, gjunjët delikatë, kurrizet pullalie,
mbetën vetëm qafat, qafa e pjerrët e gjirafës
e hutuar midis fletës së bardhë
si shkallë lëvizëse aeroportesh
që tërhiqet ngathët mbi pistën e lagësht
pas ikjes së avionit.

Das Unbekannte

Wenn ein Kind geboren wird, nennen wir es nach unseren
  Vorfahren,
regelmäßiges Recycling. Nicht aus Nostalgie,
es ist die Angst vor dem Unbekannten.

Mit einer Kiste voll Kleidern, ein paar Fotografien und einem
  schimmernden Messer
brachten Auswanderer die Namen ihrer Heimatorte mit
und tauften die Plätze, an die es sie zog: New Jersey, New Mexico,
  Jericho,
New York und Manchester.

Auch das Unbekannte über uns behandeln wir so.
Planeten und Sterne benannten wir nach rachsüchtigen,
  unberechenbaren Göttern,
Mars, Jupiter, Saturn, Venus und Centaurus –
unsere Schutzschilde gegen den Kosmos.

Namen springen voran wie Jagdhunde,
sie sollen das plötzliche Verhängnis
von unserem Weg fernhalten.

»Schicksal« nennen wir das Unbekannte, das uns vereint,
ein vager, geschlechtsloser, kaum deklinierter Name
dessen Autorität
diagonal über der Schulter hängt wie die Toga eines römischen
  Senators,
ein Arm draußen.

E panjohura

Kur një fëmijë lind, ne i vëmë emrin e një paraardhësi,
që riciklohet vazhdimisht. Jo për nostalgji;
është frika jonë nga e panjohura.

Me një baule rroba, pak fotografi dhe një thikë që i shndriste koka,
emigrantët morën me vete edhe emrat e vendeve nga erdhën
dhe vendet që zaptuan i quajtën New Jersey, New Mexico, Jericho,
New York e Manchester.

E njëjta metamorfozë për të panjohurat sipër nesh:
planetët dhe yjësitë i quajtëm me emrat e zotave hakmarrës dhe
kapriçiozë:
Mars, Jupiter, Saturn, Venus e Centaur,
si një mburojë nga kozmosi.

Emra që lëshohen përpara si zagarët në gjah,
që të na pastrojnë rrugën
nga të papriturat e fatit.

Dhe e quajmë »destin« të panjohurën tonë të përbashkët,
një emër i pacaktuar, pa gjini dhe rasë.
Autoriteti i saj
varet si tunika në njërin sup të senatorit romak,
duke lënë vetëm njërin krah të lirë jashtë.

Via politica

Ich bin in einem großen Haus aufgewachsen,
in dem Schwäche und Freudenschreie
bestraft wurden.
Und man fütterte mich auf der *via politica*
mit dem Fett von Kerzen aus glorreichen Tagen,
dickes, unter arktischen Himmeln angesammeltes Fett.
Ich brannte. Meine Hefte, Haare, mein Herz rochen nach Rauch.

Damals sahen wir einander ganz klar. Oder besser:
was von uns übrig geblieben war,
angekratzt wie die Zahlen auf einem alten Lotterielos
nach der Ziehung.

Wie verschieden wir waren!

Die mit den runden Gesichtern waren die Gerechten,
die mit den schmalen die Vorsichtigen.

Einer hörte heimlich Puccini,
ein anderer die Stille, die Musik der Musik.
Der Älteste hielt Monologe in einer selbstgebauten
Ein-Mal-ein-Meter-Zelle.

Und wer mir rätselhaft blieb,
hatte schlicht Diabetes.

Wie ähnelten wir einander aber in der Angst.
Aufgeschreckt wie ein Schwarm Elstern,
den der kleinste Stein hinauf in den Himmel schickt,
an den Rand des Abgrunds.

Und dann entdeckten wir: da war nicht genug Platz für alle.
Wir trennten uns. Einige lebten *via parlata,*

Via politica

Jam rritur në një shtëpi të madhe
ku dobësia dhe e folura në mënyrën dëshirore
meritonin ndëshkim.
Dhe jam ndriçuar via politica,
me dhjamin e qirinjve të lavdisë së djeshme,
i trashë, një dhjamë i akumuluar nën qiej të ftohtë arktiku.
Fletoret e mia, flokët e mi, zemra ime mbanin erë tym.

Atëherë pamë qartë njëri-tjetrin. Ose, më mirë,
atë që kishte mbetur prej nesh,
e dëmtuar si numrat pas zgjyrës
në një biletë lotarie të gërvishtur me një teh.

Sa të ndryshëm ishim!

Ata me fytyrë të rrumbullakët ishin të drejtët.
Dhe ata me fytyrë të tërhequr, të arsyeshmit.

Njëri dëgjonte fshehurazi Puçinin,
një tjetër muzikën e muzikës – heshtjen.
Më i madhi mbante monologë në një metër katror –
një qeli që ia krijonte vetes.

Dhe ata që nuk arrita t'i lexoj
kishin thjesht diabet.

Por sa të ngjashëm ishim në zgrip!
Të alarmuar si një tufë laraskash
që guri më i vogël i ngre të gjitha vrikthi
drejt grykës së humnerës.

Dhe pastaj u pa që hapësira nuk mjaftonte për të gjithë.
U ndamë. Disa do të jetonin via parole,

erzählten, was sie wussten und gesehen hatten,
suhlten sich so
im eigenen Fett.

Die anderen nahmen den Weg über den Ozean.

Und ausgerechnet die, die am weitesten fortgegangen waren,
sprachen nie mehr davon
(eine ärgerliche Geschichte des nackten Überlebens),
begruben alles in den tiefsten Schluchten ihres Seins,
wo der Geruch
am längsten haften bleibt.

për të treguar atë që provuan, atë që panë,
e kështu, përmes rrëfimit
të krijonin dhjamin e tyre prej neoni.

Të tjerët morën rrugën e përtejoqeanit.

Dhe pikërisht ata që shkuan më larg
nuk e zënë kurrë me gojë
(një histori e bezdisshme mbijetese më pak),
duke e fshehur në skutat më të errëta të qenies,
atje ku, për dreq, si edhe me parfumin,
aroma reziston shumë herë më gjatë.

Die Stadt der Äpfel

Die Kontur einer schwangeren Frau –
eine Reihe Hügel
am Horizont.

Mehrere Monate lang
verbarg sie ihre Schwangerschaft
wie die Kinder des Exodus
ihr Lieblingsspielzeug
unter Brot und Wollpullovern,
als man ihnen befahl
nur die Kleider am Leib mitzunehmen.

Aus dem Nichts materialisiert sich
ein Zigeuner mit seinem kleinen Sohn,
baut sich vor ihr auf.
In seinen Händen entfaltet
eine Ziehharmonika ihre Flügel
entblößt die gebauschte weiße Brust –
ein Adler über dem Beutetier.

Ein Apfel liegt auf dem Kopf des Kindes,
wie auf den Köpfen aller Kinder der Stadt,
halb verfaulte Äpfel
warten auf den Vaterschaftstest.

Und die Väter
werden schwach,
bevor sie ihren Pfeil abschießen.

Alle wachsen und welken gleichzeitig
vom selben Gärtner gestutzt.
Leute mittleren Alters gibt es nicht.

Qyteti i mollëve

Hija e gruas shtatzënë –
një varg kodrinash
në horizont.

Për muaj me radhë
ajo e mbajti të fshehtë shtatzëninë,
në të njëjtën mënyrë që fëmijët e eksodit
fshehin lodrat e preferuara
midis trikove të leshta dhe bukës,
kur u është kërkuar
të mos marrin asgjë veç rrobave në trup.

Një cigan me djalin e vogël
shfaqet nga hiçi
dhe ndalet para këmbëve të saj.
Në duart e tij
fizarmonika
hap flatrat si shqiponja drejt presë,
duke zbuluar gjoksin e saj të bardhë e pushator.

Mbi kokën e djalit është vendosur një mollë,
si mbi të gjitha kokat e fëmijëve në qytezë,
mollë gjysmë të kalbura,
në pritje të testit të atësisë.

Dhe baballarët
e humbin forcën
para se të bëjnë gjuajtjen e vetme me shigjetë.

Të gjithë rriten dhe plaken në të njëjtën kohë,
krasiten nga e njëjta dorë kopshtari.
Brezi i mesëm nuk ekziston.

Sie emigrieren
und wenn sie zurückkehren,
haben sie graue Haare und bauen ein großes graues Haus,
in dem sie ihren Atem aushauchen.

Der Winter aber ist immer ein guter Apfelwinter.
Äpfel überall; Äpfel erinnern sich an nichts
und doch
wie in der Genesis
spielen sie ihr Spiel der Versuchung
hier, wo es kein Paradies zu verlieren gibt.

Gleichgültig öffnen Frauen ihre Fenster
lassen die Nacht
von der Leine wie einen Hund.
Auf der Straße riecht es nach fauligen Äpfeln
oder Zedern.

Ata emigrojnë
dhe kur kthehen,
kanë flokë gri dhe ndërtojnë nga një shtëpi të madhe gri
ku do të japin të fundit frymë.

Por dimri është gjithmonë një dimër i mirë për mollët.
Mollë gjithandej; mollët nuk kanë kujtesë
ndërsa,
ashtu si në gjenezë,
vazhdojnë të luajnë lojën e joshjes,
kur këtu nuk ka parajsë për të humbur.

Indiferente, gratë hapin dritaret
dhe e lënë natën të dalë,
sikur zgjidhin qentë,
në rrugën që kundërmon erë mollësh të kalbura
apo kedre.

Ins Gesicht gestempelt

Mein Banknachbar in der Volksschule
hatte blaue Finger, blaue Lippen und ein unheilbares Loch im Herzen.
Vom Tod gezeichnet, unscheinbar, saß er auf einem Stein neben
dem Spielplatz, Alchemie von Staub und Schweiß, und bewachte die Mäntel.

Derjenige, dem es bestimmt ist, ein König zu werden,
ist kaltblütig, zum freien Fall bereit,
Frühgeburt einer traurigen Gebärmutter.

Die Frau mit den roten Haaren, die jeden Tag auf ihren besoffenen Mann wartet,
wird noch hundert Jahre lang so warten.
Nicht der Alkohol ist schuld, in ihr Gesicht ist das Warten gestempelt,
und er nicht schuldiger als ein
zufälliger Beobachter,
den der Regen von der Straße hereingetrieben hat.

Ebenso wenig wie der Krieg schuld ist
am Tod des Jungen mit den traurigen Augen.
Er war wie gemacht für die Rekrutierungsliste,
Melancholie ist Basisarsenal der Armeen.

Wer zum Überleben gestempelt ist,
wird seinen Nachwuchs fressen wie der Polarbär,
der nichts von der Klimaerwärmung merkt.

Verschlossen wie Theoreme sind alle, ihr Himmel
eine Mietwohnung,
in der man keinen einzigen Nagel einschlagen darf.

Sie warten auf den nächsten Befehl,
den sie ohnehin ignorieren werden,
die Hände an die Ruder gebunden, die Ohren wachsverstopft
wie die Leute des Odysseus auf den Pfaden der Sirenen.

Der Inhalt eines Koffers

Als ich das erste Mal mit dem Bus reiste
war es Juni; Regen und Erbrochenes formten Heftklammern an
 den Scheiben
tackerten diese Landschaft
für immer in mir fest.
Zwischen meinen Knien ein Koffer aus Holz.
Die wenigen Dinge darin
schepperten wenn sie von einem Eck ins andere rutschten.
Wie ich mich schämte;
die ganze Welt wusste, was in meinem Koffer war.

Noch viele Male habe ich diese Fahrt gemacht,
bin sogar viel weiter gereist.
Meine eigene Haut wurde zum Koffer,
prall gefüllt mit allerhand: Notwendiges und Überflüssiges,
aus Baumwolle und Synthetik, Wahrheiten und Alibis,
 Gegenstände und Schatten …
– ohne Angst vor einem Scheppern.

Wenn ich etwas herausnehme um Übergepäck zu vermeiden,
wird die Haut dünn, lose, faltig, welk
wie nach einer drastischen Diät.

Und nach jeder Rückkehr
füllen die unbenutzten Gegenstände andere Lücken
in Regalen, Schubladen und meiner Fantasie.

Nur wenige von ihnen
bleiben das ganze Jahr unter der Haut.

Aber wo kriege ich jetzt die Knie der Neunjährigen her,
mutige Sphinxe, die einst
den fast leeren Koffer bewachten,
dieses kleine Königreich aus Holz?

Erzählung in der dritten Person

Es beginnt,
wenn es beginnt, dich nach Dunkelheit zu verlangen, einer,
die dir ähnelt wie der Reim im nächsten Vers,
nach ein bisschen Musik oder einem abendlichen
Kohlendioxidaustausch, wie eine Blume,
dieses Gefühl, vierzig zu sein.
Und es ist nur eine Frage des Stils,
der Art und Weise, wie man die Jahre stapelt.
Man erwartet keinen Zusammenstoß mehr, keinen Lärm.
Der ärgste Schlag hat schon getroffen,
wie bei Statuen, zuerst die Nase.

Eine Frau um die vierzig
ist ein Schatten auf der Suche nach einem Gegenstand,
eine Rede in der dritten Person;
eine Serie von Lektionen mit kleinen Notizen rechts daneben,
unterstrichenen Stellen. Die Lücken zwischen den Zeilen sind wie
Fleisch, wie Körper,
wie das Zimmerchen hinter der Tür des Zahnarztes,
wo der Gestank von Arsen durchzieht.
Erfahrungen, Erfahrungen, Erfahrungen!
Kleine Zickzacks und der Sinn fürs Vollendete,
mit dem der Seidenwurm das Maulbeerblatt frisst,
von der Spitze aus.

Sie schließt Frieden mit allem: hält die Schubladen in Ordnung,
macht Yoga,
trainiert ihre Seele wie einen Start,
Abheben und Ankommen.

… wenn man auf die vierzig zugeht
oder besser: falls man auf die vierzig zugeht,
denn vierzig zu sein ist oft keine Verpflichtung,

sondern eine Wahl,
wie wir im Park die Bank aussuchen, die der Straße den Rücken
zukehrt,
weil wir auf niemanden warten.

Das Schlängeln der Freiheit

Nicht immer entkommt der Fluch
den roten Blutspuren
auf dem Türstock.

Dieser starke, unerbittliche Sturm verfolgt genau diejenigen,
die glauben, ins Gelobte Land unterwegs zu sein,
und reißt den Weg vor ihnen auf.

Ich erinnere mich an meine fröhlichen Wanderungen,
zehn Jahre lang,
wie eine Gabelspur durch weiße Meringue.
Ich sah meine Seele aus dem warmen Körper verdampfen,
wie der Duft nachts aufgeblühter Blumen.

Das war keine Freiheit. Die Freiheit war kein Raum.
Freiheit war ein vertikaler Aufstieg,
das Abwerfen von Sandsäcken aus dem Ballon,
eine furchterregende Schwebe.
Eifrig beutle ich jetzt meinen Körper,
wie man den Staub vom Teppich schüttelt
und die Arabesken erwachen aus einem träumerischen Schlaf.

Jetzt fühle ich mich frei von der Illusion der Freiheit.
Jetzt bin ich frei.

Ich kam, ich sah, ich ging

Im Winkel von exakt 45 Grad, die Augen
fixiert auf Zeichentrickfilme im TV, Schatten im Nacken
hockt er da. Er könnte eine Statue im Park sein,
aber nein, das ist mein Vater.
Soeben
hat er die Position
gewählt, in der ich ihn in Erinnerung behalte.
Niemand erwartet etwas von ihm,
Vergessen und Vergeben umgibt ihn.
Er könnte noch eine Million Jahre so sitzen bleiben,
unbeweglich, ein Fossil im Bernstein.

Und meine Großeltern?
Sie posierten zwanzig Minuten lang
vor einer alten *Daguerréotype*-Kamera
die unerbittlich den Moment aufnahm,
wenn das Salz sie an die Oberfläche eines toten Meeres spülte.

John Coltrane schaut dich nie an. Keine seiner
Gesten oder Emotionen lässt sich einfangen.
Er spielt einfach Jazz. Misst den Rhythmus mit dem Fuß.
Konzentriert. Seine Melancholie kommt im richtigen Augenblick,
dann wenn es Zeit wird, die nackte Frau in eine Jacke zu wickeln.

Van Gogh malte Menschen gerne von hinten.
Jetzt sind das wertvolle Gemälde mit Titeln wie
Bäuerin beim Umgraben
Waisenmann mit Mantel und Regenschirm.
Oder haben diese Rücken etwa ihn gezeichnet?
Wie ein vorbeigehender Fotograf,
der dir eine noch feuchte Kopie deiner selbst in die Hand drückt.

Als meine dreijährige Tochter Lea ein Passfoto brauchte,
nahm ich sie auf den Schoß, sie hatte Angst vor der Kamera,
wir posierten zusammen.
Der Fotograf schnitt ihr Gesicht aus meiner Brust,
schnipselte den Kontext weg.
Sie fühlt sich sicher in der falschen Identität,
hat den Verrat noch nicht bemerkt.

Fröhliche Jugend mit vom Bier unruhigen Füßen
verlässt einen Club, beginnt eine Quarantäne der Hoffnung.
Die Dunkelheit teilt sich in perfekte Gelatinewürfel.
Nervöse Schlafverweigerer
an der Schwelle ihrer Initiation
stolpern sie fast über den Saum der Nacht.

Die Statuen von Helden und Herrschern auf den Plätzen aber
haben das Spiel gegen die Zeit gewonnen.
Triumphierend sagen sie: Ich kam, ich sah, ich siegte.
Aber war es nicht derselbe Cäsar,
der mit brechenden Augen, Messer an der Kehle,
seine letzten Worte aussprach, »Auch du, Brutus?«

Gelbe Bücher

Eine Zeit, die kaum Wahrheiten hat,
kennt auch keine Tabus. Vielleicht ist dieses gelbe Buch eines der wenigen,
obwohl ich von ihm nur den Vorgang des Versteckens
in Erinnerung behalten habe.

Es ist heiß. Das Essen wird langsam serviert, wie jeden Abend,
zur festgesetzten Stunde. Die Stunde, da wir uns gegenseitig zudecken.

Etwas Schnelles, ein Kalbskopf. Mein Anteil ist die Zunge.
Man sagt, wenn man eine Zunge isst, wächst sie einem,
und wenn man ein Auge isst, bringt es Glück.
Wer Bücher isst, isst sich selber, Stück für Stück, von den Ecken her zum Kern,
wie die Erntemaschinen auf den Kollektivhöfen.

Vom Tischfuß her die Evolutionslehre,
»Die Starken sterben; die Schwächeren überleben!«
auf sehr originelle Weise,
indem sie die Hühneraugen mit Streicheln kurierten.

Und nichts unterscheidet es von einem heiligen Mahl,
bei dem Brot und Seele in gleiche Portionen geteilt werden,
die einzigen Wahrheiten – heimlich gelesen,
verwandelt während des Austausches,
wie die gelben Bücher.

Das Geheimnis der Gebete

In meiner Familie
wurde versteckt gebetet,
mit leiser Stimme, die rote Nase unter der Decke,
fast Geflüster,
mit einem Seufzer am Anfang und am Ende,
dünn und sauber wie eine Mullbinde.

Rund ums Haus
gab es nur eine Leiter, um aufs Dach zu steigen,
aus Holz, das ganze Jahr gegen die Wand gelehnt,
zur Reparatur der Ziegel im August, vor den Regenfällen.
Anstelle der Engel
stiegen Männer auf und ab,
denen der Ischias weh tat.

Sie beteten, Aug in Aug mit Ihm,
wie bei einem Kreuzwegabkommen,
in dem sie um Aufschub des Stichtages ansuchten.

»Gott, mach mich stark!« und kein Wort mehr,
sie waren nämlich Nachkommen von Esau,
gesegnet mit dem Einzigen, das von Jakob übrig war,
– dem Schwert.

Bei mir daheim
galt das Gebet als eine Schwäche,
die man nicht erwähnte,
ebenso wenig
wie das Miteinanderschlafen.

Und genauso
wie das Miteinanderschlafen
profitierte es von des Körpers furchtsamer Nacht.

Gedanke mit Schaum im Gesicht

Sich nach der Arbeit rasieren, wozu?!
Wie mein Vater
vor langer Zeit
vor einem matten Spiegel, voller Risse,
wie fettlos gekochte Polenta.
Auch er rasierte sich zu dieser Stunde,
die Klinge bahnte sich einen sauberen Weg von oben nach unten,
von den Schläfen bis zum Kinn,
wie die Worte des Apostels. Mit zur Schnecke gerollter Zunge
füllte er die eine Wange, leerte die andere,
durchs Glas hörte ich seine Worte:
»Die Kraft eines Mannes, mein Kind, misst sich an den Dingen, die
er nicht tut.
Man muss die Leidenschaft versteckt halten, wie die Frucht der
Rüben!«

Es war wie eine Regel brechen,
als ich, Jahre später,
früh am Morgen zuallererst
den Dornbusch von meiner Haut entfernte,
still und heimlich, mit dem Werkzeug meines Vaters.

Als meine Hand zu zittern begann, suchte ich nach einem Gott.
Es war nicht schwierig. Wie die Suche nach einem Friseur,
in einem Stadtteil, den man wie die eigene Hosentasche kennt.
Er fragt nicht: »Was kann ich für Sie tun, junger Mann?«
Das Kreuz ist älter als der Mensch.

Und schau mich an! Ohne mich geschnitten zu haben,
im Nacken von der Hypophyse ausgeleuchtet.
Eine saubere Rasur, hätte mein Vater gesagt;
als der Tod ihn holen kam,
sein tagelang nicht rasiertes Gesicht,

wie Ameisen, die einen Stein in ein Loch werfen,
und er zerknüllte schnell seine Netzhäute, wie ein Kind die
    Serviette,
wenn man es zwingt, hungrig
vom Tisch aufzustehen.

Mama, ich und die Sicherheitsinstruktionen

Und während ich versuche, über meine Augen
die Anstrengungen dieser langen Reise mit jemandem zu teilen,
bemerke ich, wie meine Mutter
aufmerksam den Sicherheitsinstruktionen folgt,
welche die Stewardess vorne
fast unwillig gibt.

Nach dem Anschnallen
spannt ihre Haut sich wortlos
um die Kiefer
wie ein Gebet, adressiert an Ikonen.

Ich versuche zu verstehen, wie viel Zeit mich
von der Frau trennt, die ich einmal kennengelernt habe:
meine Mutter glaubte nicht an Wunder
und viele Male zerdrückte sie versehentlich den Abendstern
zwischen den Fensterflügeln,
aus Furcht, ihre Kinder könnten sich erkälten …
Sie glaubte, was sie berührte, und nur das,
die horizontale Logik der Dinge,
ein bitteres Wissen, zweigeteilt:
zwei von Soda und Wasser geschwollene Hände.

Also,
wie viele junge und erwachsene Beobachter
trennen mich
von dieser kleinen, leicht manipulierbaren Marionette,
die mit dem Schausteller
über Kinn und Glieder verbunden ist?

Genau das versuche ich zu verstehen …
als sie sich listig hinunterbeugt und mit der rechten Hand
die orange Rettungsweste unter dem Sitz berührt,
wie ein Kind das Märchenbuch unter seinem Bett.

Gespräch mit Charles Simic

Las Vegas, eine Bar. Das Licht, ein rotoranger Hybrid,
wirkt hier als Rettungsweste und
erteilt uns nebenbei leichte Schläge ins Gesicht.

Ich sitze neben Charles Simic.
Sein Nachname klingt in seiner neuen Sprache
anders als in der Muttersprache;
unterwegs haben die finalen Konsonanten sich verhärtet,
wie an Deck eines Schiffs aufgeweichte Kartons
die unter einer anderen Sonne getrocknet sind.

Jemand wischt sich den Bierschaum vom Bart,
schwer zu sagen ob es draußen schon dunkel wird.
Ein anderer in der Ecke schlägt auf einen Spielautomaten ein,
wartet nervös, ob Geld herausfällt.

Die Musik formt große Luftblasen
unter der Haut.

Wir kommen beide aus dem Balkan. Unsere Länder trennen
Berge, die von oben
wie friedlich schlafende Elefanten wirken.
Sie machen kurze Nickerchen. Wegen ihres Gewichts
finden ihre Körper keine Ruhe,
wälzen sich von einer Seite auf die andere,
es ist ihnen unmöglich
das Gleiche zu träumen.

Wir unterhalten uns. Vielleicht sprach er über Literatur, Glauben,
Politik … vielleicht.
Es ist sehr laut. Unmöglich ein Gespräch zu führen.
Ich folgte nur dem Klang seiner Stimme,
tief, inwendig, reif,

schwer von Kalzium
wie die Tropfen in der Höhle zu Boden fallen
von Erde zu Erde,
die kürzeste Reise für einen Ton
die längste für uns
Menschen.

Stärker als wir

Die Eskimos haben vier verschiedene Wörter für »Schnee«:
den frisch gefallenen, den zertretenen, den schmutzigen, den
aufgehäuften.
Sie sind in der Lage, Nuancen von Weiß zu unterscheiden
zwischen Nichts, Garnichts, ewigem Jetzt.
Mit einem halben Auge könnten sie das.

Wo ich herkomme, benutzen wir vier verschiedene Wörter für
»Abend«.
Das schönste ist ein Fremdwort,
hinterlassen von Eroberern, nicht Gewürzhändlern
und es reimt auf »lila«.

Wo ich herkomme, gibt es nur ein Wort für »Kummer«
wie für »Wasser« und beide nehmen die Form des Gefäßes an, das
sie hält:
jedem sein eigenes Gefäß, jedem sein eigener Kummer.

Die Griechen haben vier verschiedene Wörter für »Liebe«,
die Ecken eines Zelts, das jedenfalls einen Platz für dich hat in
dieser Welt.
Wenn nicht heute, dann morgen.

Archäologen zufolge gab es dort, wo ich herkomme,
bis vor einem Jahrhundert kein Wort für »Liebe«,
nur einen naiv-klugen Zweifel:
»Etwas, das stärker ist als wir?«,
begleitet von der rhetorischen Geste eines Königs,
der Antworten nur von seinen Träumen erwartet.

Verspäteter Körper

Just das Parfüm sei es gewesen, sagt man,
ihr Zögern, Versailles ohne die bevorzugten Düfte zu verlassen
(die Pferde scheuten im Hof),
was Marie Antoinette das Leben kostete.

Einmal kam mein Gepäck
zwei Tage nach mir in Dublin an.
Unterwäsche, Schuhe Größe 37, Toiletttasche,
Föhn, Nachthemd, Valiumtabletten,
ein Roman, geknickt auf der Seite mit den kursiven Buchstaben,
und die Medium-Petite-Kleider.
Sie kreisten analphabetisch
auf den leeren Rollbändern der Transitflughäfen.

Der Körper ist ungelenk, langsam; überrascht selten.
Mit Kontinenten und Menschen,
die unsere Fantasie schon längst besucht hat.

Und irrtümlich denkst du,
wenn du jung bist, schön und strotzt vor Gesundheit,
dass dein Körper vorbeugt.
Erinnere dich aber, wie oft er allein auf dem roten Teppich
zurückgeblieben ist,
von den Kameras ignoriert wie ein Nebendarsteller.

Behäbig, aber flink,
ergreift er jede Gelegenheit, dich einzuholen.
So kamen in meinen zögerlichen Momenten
die Kinder zur Welt. Und mein Garten bekam neue Jahreszeiten,
Schilder,
und andere Dilemmas.

Und wenn du denkst er sei behäbiger denn je,
altersschwer, sklerotisch, verstockt im Stau der Arterien
genau dann
nimmt er die Zügel in die Hand.

Der Körper kennt keine Nostalgie.
Du bist diejenige, die hinten geblieben ist,
eine zum Tempel erstarrte Salzsäule,
weil du an nichts anderes mehr glauben kannst.

Kinder der Moral

Die Europäer lehrten den autochthonen Einwohnern die Scham,
das begann mit dem Bedecken der Geschlechtsteile.

Andere Zivilisationen hatten mehr Glück.
Sie bekamen die Moral ready-to-wear von oben,
in Steinplatten geritzt.

Dort, wo ich aufgewachsen bin, hatte die Moral eine Form.
Körper. Namen: Kain, Maria Magdalena, Ruth, Dalila, Rachel.

Jedes siebenjährige Kind kann mit tintenbeflecktem Finger
auf perfekte Beispiele von Laster oder Tugend deuten, dort
wo die Zeit ihre Eier in einen Morast legt.

Also habe ich die ersten Lektionen in Morallehre
eingenommen ohne zu kauen, wie Hustensaft;
alles andere war abstrakter
und geschah unter einem keuschen Dach.

Auch die nächste Generation enttäuschte nicht:
noch ein Kain, noch eine Ruth, noch eine Maria Magdalena; sie
wurden nie erwachsen.
Klischees sind Gefahr und Schutz zugleich –
trockener Schnee für die Iglus der Eskimos.

Jetzt weiß ich mehr über Moral, könnte sogar
als Moralistin gelten, mit dem Zeigefinger als rhetorischem Mittel.
Doch wo sind meine Anhaltspunkte?

Eine Tür ging zufällig auf.
Licht drang ein,
löschte die Porträts auf Silberbromid –
einst waren das Menschen aus Fleisch und Blut.

Geschichtsstunde

Die vordersten Bänke blieben immer leer,
ich habe nie verstanden warum.
Aus der zweiten Reihe kam das Schmatzen der Lippen
derer, die alles auswendig lernten.

In der dritten Reihe saßen die Schüchternen,
die mitschrieben und ab und zu Kreide klauten,
und in der letzten die Buben, die sich
nach den Muttermalen der blonden Mädchen umdrehten.

Ich erinnere mich nicht an den Namen des Lehrers,
das Zimmer oder die Porträts an der Wand,
nur an die Ironie, die an seinem amputierten Arm hing
wie Schaum am Kap der Guten Hoffnung.

Der gesunde Arm zeigte auf Bismarck,
der leere Ärmel gestikulierte ziellos.
Wir verstanden nicht, wer von uns gemeint war.
So wurde auch das bisschen Identität
in Frage gestellt,
das wir zu haben glaubten.

Aus seinem unzufriedenen Mund kamen Daten von Schlachten,
Namen, Ursachen, nie Lösungen oder Sieger.
Ungeduldig warteten wir auf die Klingel
um draußen unsere eigene Geschichte zu schreiben.
Denn wir wussten Bescheid.

Aber manchmal war sein leerer Ärmel
warm und wohltätig wie eine zirpende Nacht im Sommer
auf der Suche nach einem Landeplatz,
auf einem Plateau oder Dach.
Er suchte den Helden unter uns,

weder muskulös noch mit glänzenden Augen –
gefragt war ein von Unschuld gezeichneter.

Eines Tages wird jeder von uns so ein Lehrer sein,
vor einem siebzehnjährigen Knaben oder Mädchen
mit einem hübschen Muttermal am Hals.
Und die Bänke in der vordersten Reihe werden leer bleiben,
zweifelhaft wie der vertrocknete Arm der Geschichte,
der macht, dass der andere
allmächtig wirkt.

Leute tolerieren alles

Leute vergessen alles:
Raub, Gewalt, Ungerechtigkeit, Mord usw.
Selbstmord nicht.

Wer sich umbringt, verletzt die Spielregeln,
nimmt keine Rücksicht auf das Drehbuch,
die lange Liste derer im Abspann.

Seine Kleider werden nicht unter den Nachbarn verteilt
und schon gar nicht verbrannt. Das Feuer würde ihn rehabilitieren,
die Luft ist zu gut für sein Schottenmuster.

»Ein Angsthase«, wurde laut gesagt.
»Mutig«, wurde leise gesagt.
Andere ließen sich
den Geschmack des Todes einfach
auf der Zunge zergehen ohne zu schlucken,
wie der Sommelier den Wein.

Nur eine Notiz lag auf dem Tisch.
Klar, geheimnislos, unmissverständlich,
sie endete mit dem reflexiven Verb. Ein grammatikalischer
  Alptraum;
so stahl er das Mitleid, das Salz zur Marinade,
mit der sich sogar sechs Monate Winter überbrücken lassen.

In jener Nacht blieb manche Tür offen und selten bellten die
  Hunde.
Die Angst zog sich zurück wie Zahnfleisch, in ungeahnte Höhlen,
entblößte Hälse, Wurzeln –
ungewöhnlich einsam
und unwichtig.

Außerdem wählte er den falschen Zeitpunkt: November
(das verziehen sie ihm nie),
da der Körper sich zurückzieht in eine Paranoia vor sich selbst
erstarrt
zu einer Miniatur aus Bronze.
Das macht den Selbstmord
zu einem Naturdenkmal.

Negativräume

1.

Ich wurde an einem Aprildienstag geboren.
Ich weinte nicht. Nicht aus Verwirrung, ich war nicht einmal
wütend.
Ich war das glückliche Ei, neun Monate lang im Bauch
auf Dankbarkeit trainiert.

Zwei Arbeiterinnen verschweißten Stockbetten am Ende
des Geburtssaales. Eins über dem anderen.
Mein Universum könnte der weiß getünchte Plafond gewesen sein
oder die Aluminiumfedern des Bettes oberhalb,
zur Mitte hin durchhängend.

Weder kalt noch warm.
»Es war ein klarer Tag«, erzählt meine Mutter.

Kaum zu glauben. Ich entsprang
einigen romantischen Abenden,
einem Flimmern der Retina,
dem roten Magma von Kerzen,
dekadent glitt es am Silber entlang
wie Unterwäsche an der nackten Haut.

Plärrende Babys und Milchfieber
alles erstarrt zu Salz, in dem scharfen Gestank nach Chlor.
Mit einem Lappen, um einen Besen gewickelt,
vergrößert die Putzfrau achtlos die Negativräume
auf den schwarz-weißen Fliesen,
ein riesiges dunkles Maul mit kaputten Zähnen
schluckt den Atem brandneuer Menschen.

2.

Das Jahr 1968. Im Hafen luden Schiffe aus dem Osten
zerrissene Säcke ab. Reis, Mäuse
und das Delirium der Kulturrevolution.

Einige Männer in Uniform
stürmten die Kirche mitten in der Nacht.
Die Anrainer sahen ihren Priester
in Unterhosen im Hof vor Kälte zitternd
und fragten einander enttäuscht:
»Der hat uns die Sünden vergeben?«

Vor ihren Augen verbrannten Ikonen,
Ikonen und heilige Bücher.
Die Zeugen traten noch weiter zurück;
als seien es Liebesbriefe
wollte keiner etwas damit zu tun haben.

Aus den Gräbern riss man die Kreuze. Aus den Mündern
sabberten unwiderrufliche Schwüre: Erdhaufen,
die der Regen früher oder später
wegschwemmen würde.

Kinder zogen Glocken an den Klöppeln hinter sich her
(dass wir nicht früher darauf gekommen sind).
Innerhalb einer Nacht wurde die Kuppel zertrümmert und sofort
erschien eine Unzahl namenloser Sterne (wir taufen sie später),
wie Fliegen auf einem toten Pferd.

Aber was würde die Sonntagsmesse ersetzen?
Die Frauen stellten Kochtöpfe in den Garten,
die Männer stopften sich ihre Pfeifen,
der Rauch trotzte der Gravitation;
während Nägel in kaputten Schuhen an den falschen Stellen

Stigmata hervorbrachten,
ein neuer Code der Heiligsprechung,
von Mensch zu Mensch.

3.

»Lies!«, sagte man mir. Wer war das gewesen?
Der Erzengel Gabriel oder die Lehrerin in der ersten Klasse
mit den dunklen Wurzeln an ihren wasserstoffblonden Locken?

Die Sprache kam fragmentarisch. Unterteilt in Silben.
Ruckweise wie ein Code
zu Kriegszeiten.

»Weiter wo dein Kamerad aufgehört hat!«
Ein langer Satz verband uns, einer bekam das Hauptwort, einer das Verb, ein dritter das Pronomen …
Ich erwischte regelmäßig das Rufzeichen am Schluss,
nur eine Grimasse, ein kleiner Fluch.

Ein gusseiserner Ofen stand unter dem Porträt des Diktators.
Aus seinen Schläfen drang Rauch. Genug für uns alle.
Die schwarze Tafel zeigte Rückstände
der Diphthonge von gestern oder vorgestern.

Sobald es dunkel wurde, suchte ich draußen vor dem Fenster
nach einer anderen Sprache,
meine Augen klebten an irgendeinem Sternbild,
einer womöglich längst verloschenen Galaxie.
Millionen von Jahren später erreichte
mich die Nachricht.

»Lies!«, rüttelte der Engel mich zum dritten Mal
und zeigte mit seinem arbiträren Finger auf ein Verb,
das eine Million Lichtjahre von seinem Objekt trennten.
(Egal wer zuerst da war.)

4.

Sprache erodiert uns,
macht uns zu Einsiedlern. Wie wenn der Wind durch die Canyons
pfeift und unsere paläontologische Vergangenheit
für aller Augen freilegt.

Unter dem revidierten Testament meiner Haut
brüllt ein in Gold gegossener Bulle, ein reizendes Objekt,
das lechzt nach Aufmerksamkeit.
Dann kommt das nicht aufgegangene Brot eines letzten
Abendmahls,
erstaunlicherweise mehrmals
zwischen den Perioden eiszeitlicher Vergletscherungen.
Weiter unten ist Sodom,
erkennbar am starken Geruch nach Schwefel.
Ich halte mir die Nase zu, Freud hätte dasselbe getan.
Und dann Kain,
von einer Krähe lernte er den eigenen Bruder begraben …
Und ganz zum Schluss die Sünde Adams,
unter der Wissenschaftler Hungersnöte entdeckten.

Zwischen unidentifizierten Schichten
Irrwege im Sand, die Suche nach einem neuen Propheten …

Ich versuche meine Leute zu verstehen.
Ihre Sprache ist einfach. Einige Wörter werden aber
nie verwendet. Zusammenklebende Seiten
in einem frisch gedruckten Buch?
Dabei steht es schon lange im Regal.

Das spielt sich auch in mir ab,
in heimtückischen Luftblasen. Negativräume,
in denen ich kaum Historisches finde.
Der Niedergang könnte trotzdem daher kommen.

5.

Vom Schnee von gestern ist wenig übrig geblieben.
Hundekot und die Hämatome der Routine kommen zum
    Vorschein
wie unter einem gewaltsam weggerissenen Federbett.

Negativräume verleihen den Nadelhölzern Form
und der Verrückten ein Profil,
das der Göttin Athene mit ihren Flipflops
und der Eule auf dem Arm zum Verwechseln ähnelt.

Null Grad. Die Tür der Fabrik knirscht hinter der letzten
    Arbeiterin.
Rotzige Nasen, Bibbern, Schleim.
Ein Virus kursiert in den Abteilungen,
berührt eine nach der anderen heimlich an intimen Stellen
eine Welle von Sinnlichkeit.

Die Töne werden weicher.

Nichts verbindet mehr als Verletzlichkeit,
die Schuhe in Einheitsgröße, denen du dich anpassen musst,
den überschüssigen Platz mit Baumwolle ausstopfen
oder deine lange Zehe kürzen.

6.

Im Garten von Halili
waren Regeln ein Sakrileg.
Seine acht Kinder vergnügten sich
indem sie ihre Armut lose über den Schultern trugen,
wie Sankt Bartolomäus seine eigene abgezogene Haut.
Die Knirpse, hungrig und schmutzig wie sie waren,
hatten alle blaue oder grüne Augen.
Manche Merkmale treten urplötzlich in Kombination auf,
wie Niesen
bei gleißendem Licht.

Die Armut des einen war der Trost des anderen.
»Schaut sie euch an, es geht noch viel schlimmer!«
Auch Halili hatte seine Trostformel:
die alte Zyra, »lahm und unfruchtbar« –
die Wurzel von Verzweiflung.

Das war unsere Berglandschaft:
Stufe um Stufe, jede Familie
konnte auf dem Dach darunter
das Ablaufdatum lesen.

*Schadenfreude** war der einzige Fluss
der Mühlräder in Bewegung setzte.

Wenn die Hierarchie durcheinandergeriet
und unser Dach als erstes Zeichen von Verfall zeigte,
pflanzte meine Mutter Tulpen im Garten,
weiße Tulpen der Scheinheiligkeit
um die Krähen zu verjagen.

* Im Original auf Deutsch geschrieben.

7.

Fast nichts stand in den Briefen, die er aus dem Gefängnis schickte,
nur zwei Zeilen am oberen Seitenrand:
»Mir geht's gut …« und »Wenn ihr könnt,
schickt mir ein paar wollene Socken.«

Da lernte ich zwischen den Zeilen zu lesen.
Die Negativräume, das Ungesagte. Gebärden,
Schlaflosigkeit, wie der Schatten einer Kappe
verfehlt sie Kinn und Ohren.

Ich lernte in Augen zu lesen,
wie das Unausgesprochene ihre Farbe verändert – von braun nach grau,
wie Frost in den kalten Monaten die Erde.

Ich lernte die Leerstellen zu lesen die Tote hinterlassen,
eine zusammengelegte Brille,
wenn das Lesen aufgehört hat und die Eloquenz beginnt.

Oder dieses Spiel mit den Sesseln, das ich »Liebe« nenne,
wo immer weniger freie Plätze sind als Spielende.
Und damit du nicht der Letzte bist, der steht,
musst du vorhersagen, wann die Musik aufhört.
(Aber wem wäre das bisher etwa gelungen?)

Ein bisschen Übung wäre in diesem Fall nützlich
ich meine kein Muskeltraining, keine Kniebeugen oder Stretching,
aber vielleicht jeden Tag dieselbe Musik hören
die gleiche Schallplatte,
bis du jeden Kratzer ahnst
bevor sie die deinen erkennt.

8.

Mitternacht. Schnarchen.
Nichtssagende Töne beflecken die Wand,
die niemandem gehört, Geräuschgrafitti.
Wo befinden wir uns? In welcher Dimension?
Wem können wir unsere Schlafenszeit in Rechnung stellen, ohne
  Lämmer oder Sünder,
wenn nicht einmal Engel sich Notizen machen?

Die Straße ist übersichtlich
beleuchtet von der Reklame des Bestattungsunternehmens
»24 Stunden Service«.
Das Musikgeschäft daneben verkaufte Platten
und ging pleite,
sie teilten sich eine Mauer,
dieselben Wasserleitungen, den gleichen Himmel.
Aber überlebt haben die Särge.
Holz erster Güte (beteuert der Besitzer)
und innen mit Seide ausgelegt,
plissiert wie ein Magen,
der einen Bulldozer verdauen könnte.

Im Schlaf sind wir schlicht fünf Gliedmaßen: Seestern.
Wird eine davon abgeschnitten, wächst sie nach.
Eine einzige könnte
uns als Ganzes wiederherstellen.

Der Negativraum reproduziert sich selbst
vor dem Spiel der Lichter auf der Straße.

Es nähert sich ...

Es nähert sich. Du spürst es
ohne es zu sehen, wie die Nähe des Meeres.
Das Meer, in das alle Flüsse der Welt münden, auch der deine,
innerhalb von Sekunden wandelt sich sein Geschmack,
von süß nach salzig und tiefer unten
bitter.

Vor dem Fenster
ein endloses Feld, hell von Kohl und Geißen.

Eine späte Ernte, nichts weiter
als die plötzliche Sorge:
Habe ich genug Nahrung für den Winter?
Habe ich etwas zum Beißen? Woran kann ich mich erinnern?
Manches verlangt nämlich
einen ziemlich starken Magen.

Du fragst deine Mutter, was sie über das Älterwerden weiß.
Du fragst Frauen ihrer Generation, so schön aufgereiht,
wie ein silbernes Löffelset in der Schachtel
in Erwartung eines Abendessens, das vielleicht nie stattfindet.

Fragst, wie sie es gemacht haben. Ob sie Rat wissen?
Und die warme feuchte Hand streckt sich dir entgegen,
    verräterisch
wie früher, als du klein warst, beim Ohrringestechen:
»Es tut gar nicht weh, nur ein Stich.«

Sie können dir nichts beibringen. Das Altern ist persönlich.
Wie das Taschentuch, das Rasiermesser, dritte Zähne.
Und sie wissen nicht,
dass Alternde einst ihren eigenen Gott hatten,
Saturn,

er kümmerte sich um sie,
in der Zeit, die ihnen blieb, für ihre Ernte und Gedanken
über das Vergehen der Zeit und
welche Feste noch zu feiern seien.

Es nähert sich. Es schreitet lange und unaufhaltsam fort,
wie eine Symphonie zu später Stunde im Radio,
nur selten unterbrochen von einer schnellen Nachricht,
und ohne Entschuldigung
fortgesetzt, *Toccata e fuga*,
Solo mit Flöte.

Vertikale Realitäten

Weitermachen ist Pflicht, allmorgendlich
schlagen drei Generationen in mir ihre Augen auf.

Der Erste ist ein ältliches Kind, mein Vater,
er wählt sein Schicksal und seine Kleider immer eine Nummer
zu klein.
Dann der Großvater. Zu seiner Zeit gab es das Wort »Diagnose«
nicht.
Er starb schlicht an Verzweiflung, sechs Monate nach seiner Frau.
Und ohne Zeit zu verlieren, wuchs auf ihren Körpern
eine Fabrik, die Uniformen für Hafenarbeiter produzierte.

Und der Urgroßvater, falls es einen gegeben hat,
ich kenne seinen Namen nicht, hier hat meine Erinnerung ein
Loch,
meine bäuerlichen Vorfahren sind abgeschnitten wie dicke
gelblich gewordene Nägel von Feldarbeitern.

Alle drei neigen sie sich über mich wie ein Wald
und diktieren mir, was ich zu tun habe
und was nicht.

Du hast meinen Morgengruß gehört
wie einen stampfenden Elefanten auf einem Klavier
oder die sich auflösenden Säume an der Jacke meines Vaters.

Weder suchen sie Veränderung
noch würden sie sich dagegen wehren; sie fühlen sich frisch
gewaschen mit der billigen Seife der Vergänglichkeit.

Sie greifen einfach noch einmal nach der Welt, benützen mich
wie ein Paar Plastikhandschuhe, um am Tatort
keine Spuren zu hinterlassen.

Handschuhe

Auch dieses Hotelzimmer verlasse ich wieder, am Central Park,
Seventh Avenue.
Schalte das Licht ab, meine Augen suchen das Fenster; wie eine
chirurgische Maske
verbirgt die Spiegelung Gesichtsausdruck, Lächeln oder Bedauern
über den Abschied.

In ein paar Minuten wird hier das Reinigungsteam übernehmen:
Wischmopp, Putzmittel, saubere Leintücher – sie sprechen mit
scharfem Akzent.
Der Staubsauger hat den Appetit einer Metropole,
in nur drei Sekunden eliminiert er drei Tage meines Lebens.

Sie tragen gelbe Plastikhandschuhe. Dieselbe Farbe benutzte
die Frau, die das Büro meines Arbeitskollegen säuberte,
und sieben Arten von Putzmittel: gegen Bakterien, Hautzellen,
Bemerkungen, Notizen, Anrufe, Ansprüche und vor allem seinen
Namen. Niemand durfte ihn aussprechen.
Doch ein Name hat keinen tiefen Gefrierpunkt,
er lässt sich nur ganz kurz zum Erstarren bringen.

Und während du das Flugzeug verlässt, kommen die gelben
Handschuhe bei einer anderen Tür herein. Hier ist die
Sterilisierung noch intensiver: die Sitze werden
von langen interkontinentalen Nächten (in keiner Biografie
scheinen sie auf) desinfiziert,
die Kopfhörer gereinigt von über dem Ozean gehörter Musik.

Etwas menschlicher
erscheint die Schwester, die im Spital die Infusion wechselt.
Ihre Handschuhe sind transparent. Mit den Augen am EKG
wartet sie ruhig bis die Hügel am Bildschirm flacher werden.
Der Neffe des Patienten verbirgt hinter dem Tränenschleier

eine teuflische Vorfreude –
auf den ledernen Armsessel mit Blick in den Garten.

Hygiene, Hygiene, Hygiene!
Wie die Welt sich beeilt ihre Spuren zu verwischen.

Nur für einen Archäologen ist Müll ein Ereignis:
er braucht keine Handschuhe um die Kiefer eines fünftausend
Jahre alten Skeletts zu berühren. Kein Infektionsrisiko.
Und kein Zögern in der retrospektiven Narration meiner Mutter
(»was geschehen ist, ist geschehen«),
in ihrer chemisch gereinigten Stimme.

Manche nennen es »Universalwaschmittel«, andere einfach »Zeit«.
Aber, Vorsicht: für Kinder unzugänglich aufbewahren.

Was mir an ihm gefallen hat

Wie er sich beim ersten Mal dem Bett näherte
fast gelangweilt ohne aus dem Fenster zu blicken,
wo der Mittag im Juli
wollene Reste von Hoffnung aufwirbelte.
Ein einziger Griff löschte das Licht
und die Decke schlug er mit einer Sicherheit zurück
als täte er das seit tausend Jahren.

Wie ein großes Schiff im Hafen anlegt,
zum allerletzten Mal, bereit zur Verschrottung.
Egal was im Laderaum ist –
Säcke voll Kaffee, tropische Fieber oder Porzellan!

Männer

Die menschliche Existenz ist wie eine tote Sprache,
von der nur ein Ausdruck, ein Zitat, oder ein Wort übrig ist.

Aber ein Mann ohne Söhne ist wie eine Mutation;
sein Name wird von Ohr zu Ohr geflüstert
mit sauberem weiblichem Atem,
klar artikuliert wie ein konfliktfreier Traum,
den man am nächsten Tag vergisst.

Sechs Mädchen; jede Geburt ein Versagen,
wie ein Goldhändler,
der nur Seide und heilende Tees nach Hause bringt.

Ohne einen Sohn in der Familie,
einen Fluss für die toxischen Abwässer
seines schwarzweißen Zorns.
Keiner, der nach dem Abendessen
Krieg aus den Skeletten der Haustiere liest,
Geburten, Todesfälle, Krieg
fürs faule Leben in Friedenszeiten.

Seine Zelle ist eine Höhle
voll naiver Kohlezeichnungen:
der Jäger gegen das Biest, das Biest gegen die Natur,
bis eine Frau ans Feuer tritt
und seine Kraft sich von den Muskeln
in die Augen
verlagert und das Ziel seines Bogens sich verschiebt.

Das ist das Ende der Eiszeit,
Ende der Klarheit.

Es gibt ein Geheimnis, das Männer nach innen saugt

wie Zwergsterne,
die zuerst gelb werden, dann grün
und dann – schwarz, ein Fleck im Kosmos.
Und kein Sohn, der das erben wird,
nicht das Geheime,
sondern die Kunst der Einsamkeit.

Homo antarcticus

… the wild will keep calling and calling forever in your ears.
You cannot escape the »little voices«.
Frank Wild

1.

Hier liegen meine Knochen, in South Georgia.
Einige evolutionäre Meter weiter befinden sich
die Gräber der Walfischjäger, sie zeigen nach Norden.
Ein weißer Zaun schützt sie vor Elefantenrobben,
vor ihren apokalyptischen Rufen die jeden Tag
das Ende der Welt zu verkünden scheinen
oder vielleicht den Anfang …

Ich habe fünf Polarexpeditionen überlebt.
Bei der letzten »Imperial Trans-Antarctic« wäre ich fast gestorben.
Zwei Jahre im Eis – wo du weder säen kannst noch ernten.
Und ich brauchte Gott nicht um Regen zu bitten wie die Bauern,
denn das Eis war vollgesogen
und wüster als die Sahara.

Ich habe die Entfernung überlebt, einen Brief nach dem anderen
geschrieben.
Sie begannen mit einem Großbuchstaben und endeten mit einem P. S.
Das Postamt lag unter meinem Kopfpolster,
seit zwei Jahren geschlossen wie an einem endlosen Feiertag.
Ich habe Polarnächte und -tage überlebt, die sechs Monate dauerten;
bis heute weiß ich nicht, was schlimmer war.

Meine Grabinschrift ist simpel, in Granit gemeißelt:
»Frank Wild 1873–1939 …«
Für die wenigen, die hierherkommen
wegen einer Havarie
oder der Sehnsucht nach dem Mutterleib.

2.

Ah, ja, am Anfang war das Schiff. Es steckte im Eis fest. *Endurance.*
Schiffe sind Frauen, sie wollen ruhigen Seegang.
Im besten Fall heißt sie »Santa Maria«
und spuckt dich an einer unbekannten Küste an Land wie einst den Kolumbus.

Aber, wenn du ihr zu nahe kommst …

Ausgerechnet an dem Tag nachdem
wir ihr das Deck mit warmem Wasser und Seife gewaschen,
die Adern mit Gin gewärmt,
ihre Flanken mit bizarrer Musik gestreichelt,
uns rasiert und die sprachlosen Falten in unseren Gesichtern exponiert hatten,
verließ sie uns.

Und wir sahen von der Küste aus
wie ihre Rippen brachen, wie sie rücklings sank,
so rasch, uns blieb keine Zeit für ein Gebet.
Sie hinterließ einen Duft nach Esche und
falsche Perlen unter Wasser.

»Typisch Frau«, jemand lachte bitter,
»sie weiß, wann sie gehen muss, um unvergessen zu bleiben.«

3.

Eine Frau hatte dort natürlich nichts zu suchen.
Die Antarktis ist ein maskuliner Kontinent:
männliche Pinguine bebrüten ihre Eier,
der Mond pinkelt im Stehen, nachdem man ihn
aus dem Wirtshaus geworfen hat,
Eiseskälte wie ein dreitausend Jahre nicht geschliffenes
Rasiermesser
und die Schlittenhunde, Huskys …

Hunde, die wir töten mussten,
mit einer einzigen Kugel,
damit sie nicht vor Hunger starben.
So beackerten wir den neuen Boden mit ein wenig Moral,
bevor Konquistadoren, Diebe, Mörder,
Missionare, Prostituierte ihn betraten,
die erste invasive Armee überall.

Und … Männer.
Nur ein Mann beschließt mittels Eroberung eines Körpers
ins Dunkel des Geistes einzudringen,
wie Amundsen und Scott.
Ihr Ruhm kulminierte in der Ekstase
am Pol.
Null Grad geografischer Breite,
vollständiger Kollaps.

4.

Hunger ist überschätzt. Der Magen funktioniert genau wie das
Gehirn:
gibt es nichts zu verdauen, werden Erinnerungen wiedergekäut.
Ein Keks kann für drei Tage reichen.
Und wer ein sehr gutes Gedächtnis hat, eins
mit hoher Säurekonzentration, kommt monatelang aus
mit einem Stück Prosciutto, zwei Spiegeleiern,
die Lider süß zusammengeknüllt
wie eine Serviette.

Dann beginnen die Halluzinationen.
Bankette. Osterfrühstück.
Ungeduldig unter dem Tisch schlenkernde Beine.
Der Rosmarinduft aus einem Gericht und
zwei saubere Hände, die es servieren
mit ein paar Brandblasen …
Dann überfällt es dich
und wie ein Irrer attackierst du Robben und Pinguine,
mit deinem Schweizer Messer und den Bergschuhen,
in diesem leeren Amphitheater.
Oder war auch das eine Halluzination,
diesmal nicht deine,
sondern die der Antarktis selbst?

Und wenn du wieder zu dir kommst
bemerken beide, Hirn und Magen,
wie tief ihre Falten sind.

5.

Fett, Fett, Fett, Robbenfett.
Fett um den Geist lebendig zu halten, Fett
für Wärme, für die Lampe,
um den schweren Gestank des eigenen Körpers zu kaschieren
– eine Mischung aus Zweifel, Hoffnung und Ammoniak.
Und wenn du nichts Besseres zu tun hast,
denk an die dünne weiße Schicht auf dem Rindfleisch,
das beim Metzger vom Haken hängt,
seidig wie eine Schleife.

Sogar diesen Sarkasmus habe ich überlebt.

Und abends, vor dem Schlafengehen,
lasen wir einander Rezepte vor,
sie gehörten zu dem wenigen, das wir aus dem Schiff retten konnten,
bevor es sank. Heimlich,
als wäre es ihre Unterwäsche.

Das waren Schauspiele!
Der Pathos in Begriffen wie *prosciutto, Zucker, Omelette*!
Wie viel Sinnlichkeit steckte in *Milch, Petersilie, Zimt*!
Wir erfanden das alles.
Nichts existiert, bevor es fehlt.

Aber anfangs, wie Schauspieler vor dem Auftritt,
wärmten wir unsere Münder auf
indem wir mit trockenem Gaumen mechanisch wiederholten:
»Guter Gott, sei unser Gast und segne, was du uns bescheret hast.«

6.

Die Römer haben das Wort verdorben
indem sie vor Anatomie und Mathematik
die Rhetorik studierten:
»Ein Mann ist gut, wenn er gut reden kann.«
Vir bonus dicendi peritus (Marcus Porcius Cato)

Aber in der Antarktis misst man Wörter mit anderen Einheiten:
Kalorien!
Ein einfacher Gruß kostet dich fünf Kalorien,
damit brennt ein Feuer eine Minute lang.
Ein ciceronischer Disput kann die Nahrung eines vollen Tages
aufbrauchen;
überleg es dir gut, bevor du den Mund aufmachst.

Wörter sind überschätzt.

Manchmal genügt ein Abwenden der Augen von den Schuhen
um Nekrose zu suggerieren,
und ein vager Blickkontakt unter Männern
bedeutet: das Eis knackt unter unseren Füßen
und der Tod ist näher als die Finger an deiner Hand.

7.

Ausgestreckt und straff gezogen – so ist die Antarktis.
Sogar Babyhaut wirkt dagegen runzelig.
Keine Emotion. Kein Bedauern. Keine Warnung.
Kämpfen oder sterben.

Mein Vater war mehr oder weniger so, ein Dorflehrer.
In Klassenzimmern, die nach Pullovern aus Schafwolle rochen,
am Körper getrocknet, und wo sich Augen frei in ihren Höhlen
bewegten
wie Zehen in den Schuhen der älteren Geschwister.

Anders als die Römer
predigte mein Vater mit hinter dem Rücken
verschränkten Händen über Ehre und Gerechtigkeit.
Seine Schultern wirkten doppelt so breit
und das Jackett zweimal so abgetragen.

Ich hatte seinen unerbittlich grauen Blick
und seine sanfte Stimme.
Augen, die sagten, »geh«, ein Mund, der sagte, »bleib«.
Du weißt nie wem glauben.

8.

Und … Mutter? Sie war schlicht Kapitän Cooks Urenkelin,
ja, der große James Cook,
von morgens bis abends,
wenn sie wusch, sauber machte, im Garten Kartoffeln ausgrub,
wenn sie an Sonntagen ihrem Mann die Krawatte band, sogar
in den Geburtswehen, im Bett.
Darüber sprach sie aber nie. Es war nicht nötig.
Die Leute sprechen über das, was sie haben,
nicht über das, was sie sind.

Sie nähte Kleider. Maß jeden Kunden mit ihrem Blick, exakt;
nur an den Hälsen irrte sie sich ab und zu, da walteten unbekannte
Kräfte.
Ihre großen Scheren folgten ganz genau
dem Strich der weißen Kreide auf dem Stoff.
»Schnipp!«
Immer wortkarg. Schweigend folgte sie den weißen Linien
eines anderen Schneiders,
auf einem Stoff, der älter war als sie.

Da fällt mir ein,
was hätte die arme Frau Freundinnen geantwortet, wenn sie
fragten:
»Wo ist dein Sohn?«
»Er entdeckt die Welt.«
»Und was bringt er mit?«
»Sich selbst, lebendig, hoffe ich.«
»Was hat das für einen Sinn, nach zwei Jahren mit leeren Händen
zurückzukehren?«

Ob sie ein wenig stolz war auf mich? Auf ihren Frank?
Sicher nicht. Sie war die Urenkelin von Kapitän Cook.
Die Vergangenheit gewinnt immer.

9.

Ich war das erste von zwölf Kindern.
Jedes der Geschwister beäugte in der Regel
sehnsüchtig meine Sachen:
das Bett neben dem Fenster
mit Blick auf den Teich, in dem Frösche waren und wilder Spargel,
die grüne mit geliehenem Geld gekaufte Jacke,
die Pokerkarten, das Fischnetz,
den Korbstuhl mit der gebrochenen Lehne.
Ein Kind pfiff mein Lieblingslied
What will you do with the drunken sailor?
ohne je zum Refrain zu gelangen.
Wieder ein anderes beneidete den Keller
mit der schief hängenden Tür aus Ulmenholz:
mein Platz im Herzen des Vaters.

Aber erst wenn der jüngere Bruder
dein Rasierzeug benutzt
und vom gleichen Mädchen träumt,
ist es Zeit von zu Hause wegzugehen.

10.

Rasierzeug? Oh, die Antarktis bringt dich dazu dir einen doppelten Bart
wachsen zu lassen, als wärst du das hundert Jahre alte Grab eines Unbekannten
mitten im Wald; und noch ein zusätzlicher,
ein roter sprießt, während du daran denkst wie viel Zeit
du sonst beim Friseur vergeudet hast.

Hier funktioniert jedes Körperteil unabhängig:
Magen, Hände, Darm, Augen …
Die Einheit des Körpers ist überschätzt.

Nur die Haut hält alles zusammen, zieht dich weiter wie ein Schlitten.
Die Haut? Die wievielte?
Seine erste Haut verliert ein Mann an die erste Liebe.
Wie eine Schlange zu Frühlingsbeginn
an einem Weißdorn, der den Weg versperrt.
Seit damals hat er aufgehört zu zählen.

11.

Ich weiß nicht warum sie »Elefanteninsel« hieß,
da sie dem Meer mit der Stimme einer Wölfin antwortete.
Nur ihre heimtückischen Zitzen am Bauch konnten wir erkennen;
wenn sie uns nicht vorher fraß, würden wir bald auch heulen.

Einundzwanzig Männer. Unter zwei umgekippten Booten
lagen wir eng aneinander, wie die Töne in den Symphonien von
Bach,
nur mit noch erstickenderen Pausen zwischen den Atemzügen.
Ein Husten trocken wie Kalkboden war ein Lebenszeichen. Oder
das Reden
im Fiebertraum. Mitten im Eis von »Eis« brabbeln,
nachdem sie dir die Zehen abgeschnitten haben.

Am schwierigsten ist es morgens,
wenn du Augen und Nase zusammenkneifst,
als müsstest du deinen eigenen Urin trinken,
und vier Monate lang die nämliche Lüge verkündest:
»Männer, packt zusammen. Heute könnte der Boss kommen!«

Und sie gehorchten mir. Packten jeden einzelnen Tag sorgfältig
ihre Sachen,
vergaßen nie ein scharfkantiges Objekt in ihren Taschen.
Nichts, das die Linie zwischen Fakt und Fiktion zerschneiden
könnte.

Die Routine
wurde mächtiger als die Hoffnung.

12.

Im Ozean spielten die Fische mit unserer Staatsbürgerschaft.
Ab der siebten Meile ließen wir unsere Medaillen, unsere Ränke
zusammen mit den Hunden, den Erdäpfeln und dem Fotoapparat
zurück.
Mit dem Papiergeld entfachten wir ein Feuer.
Jeder behielt nur eine Münze,
damit uns die Archäologen später leichter fänden.
Auf der Elefanteninsel mussten wir uns auch vom Tabak
verabschieden
und der Erinnerung an kleine Dorfstraßen
und das Heimkommen nach Mitternacht.

Die Zeit glitt über uns hinweg ohne uns auch nur ein Haar zu,
krümmen
als wären wir antike Siedlungen,
exponierte feierlich unsere weißen Knochen.
Auf den Mauern saßen die abwesenden Grillen.

Da verließen uns auch die Zehn Gebote:
»nicht stehlen«, »nicht lügen«, »nicht begehren deines Nächsten
Gut«
»deine Eltern ehren« …
Nur eins ist uns vielleicht geblieben,
das mit der Heiligkeit des Sonntags.

Wir hatten nichts, wir gehörten niemandem.
Eine ganz neue Art war entstanden: HOMO ANTARCTICUS.
Der wissenschaftliche Beweis dafür
dass »vergessen« und »frei« ein und dasselbe sind.

13.

Nach zwei Jahren, wenn du zurückkehrst aus dem Reich der Toten,
findest du in deinem Haus einen neuen Mieter vor.
Wegen der Plakette beim Eingang
bezahlt er dreimal so viel:
»Hier lebte F. W.«
Und deine Geliebte oder richtiger Ex-Geliebte
liegt in den Armen eines anderen,
dreimal attraktiver als du.

Du entdeckst ein Bild von dir auf einer Auktion.
Artefakt? Original? Brrram! Verkauft!
So teuer, du könntest es dir nicht leisten.
Und wenn, wärst du als Kunde illegal,
mit deinem Totenschein in der Hand.

Und deine Eltern haben sich in Winterbäume verwandelt,
ihre Augen fixieren eine große Wolke aus Gips.
Sie erwarten keinen Besuch, nicht stören!
Lasst eure Blätter ruhig fallen, wohin sie wollen,
und das Krähennest
unter der Achsel, wo es war.

Wäre eine Abkürzung möglich? Von vorne anfangen?
Oder, weißt du was? Es gibt einen Krieg in der Nähe.
Geh und stirb dort!
Aber diesmal besser.

14.

Krieg will Fleisch.
Frisch, geräuchert, mit Brandzeichen,
blutleer oder blutend,
blaues, dunkles, dickes – sei es wie es sei.
Blut wie deins,
in dem bei minus 40 Grad Celsius
Viren aus dem Jahr 1914 unbeschadet weiterleben,
und die Karte des alten Imperiums,
und die verletzte Ehre von Scott
und alte Münzen mit dem Köpfen Edwards VII. und Georges V.
und die Gedichte von Browning und die Epik des Unbekannten
wie ein Umschlag im Umschlag,
all das macht dich zum idealen Kandidaten.

Wieder auf einem Schiff, aber diesmal mit viel Munition,
in den kalten Nordmeeren
musst du eine neue Sprache lernen.
Eine neue Sprache ist wie ein Fisch:
zuerst entfernst du das Rückgrat,
dann kaust du langsam und vorsichtig.

Anders als in der Antarktis
ist im Krieg das Ziel klar: töten oder getötet werden,
obwohl da manchmal kaum ein Unterschied besteht.

Baltische Nächte geben dir zurück, was du in der Antarktis
versäumt hast:
die zweite Hälfte der Himmelskugel.
Und du trafst Vera, die Witwe eines Teepflanzers.
Eine Frau aus einem Barockroman, die Pupillen geweitet im Dunst
der Dämmerung;
das Trauerritual passte ihr perfekt,
maßgeschneidert für die letzte Reise.

15.

Ein Mann, der Gletscher liebt,
ihre perfekten Formen kennt
spürt, wie sie ihn im Schlaf beobachten,
den sauberen distanzierten Atem
und wie ihr Herz
in einer am Körper getragenen Tabaksdose
zu Trinkwasser schmilzt,
dem fällt es schwer eine wirkliche Frau zu heiraten,
Vera.
Und Afrika.

Ich habe Land gekauft. Karge Erde. Hunderte Hektar. In Zululand.
Tabak brachte nichts ein. Ich pflanzte Baumwolle –
körperlicher Friede statt Meditation.

Mein nächster Nachbar lebte 45 Meilen weit entfernt. Ein Weißer,
natürlich.
Mein Schicksal ließ mich nie zu den Schwarzen,
diese schönen Torsi, in Stroh gewickelt.
In der Mittagspause hörte ich sie schlafen
wie Ruderer in einem Boot,
völlig synchron.
Sie wussten wohin die Reise ging.
Ich nicht.

Aber ich hatte recht. Dürre, Trockenheit,
Flut, Würmer, über kurz oder lang
war alles kaputt. Die Bank ließ mir nur
den eigenen Bart und den malariagefüllten Schatten eines Baobab.
Außerdem reichte Vera die Scheidungspapiere ein. Die Frau
im chiningelben Kleid, gelb wie der Seufzer eines Scharniers in der
Dämmerung,
die Frau, die den Helden geheiratet hatte,
der nun nicht einmal mehr ein Stück Land besaß.

16.

Der Mann vor mir,
ich nenne ihn »Boss«,
ist frisch rasiert, trägt Krawatte und ein gestreiftes Jackett
wie der Prince of Wales oder Fred Astaire –
ein Stil, der hier zwei Jahre zu spät kam.
Er befiehlt mir Whiskey zu servieren
und die Kunden an der Bar zu unterhalten,
ihren Jargon zu benutzen, ihre Gesten,
ihre von Moskitos in der Mitte gekappten Sätze
und die abstrakte Rhetorik der Depression.
Offen gestanden bezahlt er mich
für Letzteres.

Aber was weiß ich.
Was weiß ein Überlebender von der Kunst des Lebens,
für die es neue Instinkte, neue Muskeln
und eine andere Art Herzklappen braucht?

Außerdem,
wie soll ich so einem frisch gebügelten Boss gehorchen,
nachdem ich die rauchigen *Götter* der Antarktis kennengelernt
habe,
die einander schon an der Nase erkennen,
jede Rebellion mit einem Blick zunichtemachen
und die, während des Appells, den Tod als zur Crew gehörig
mitzählen?
Wie kann ich jemandem gehorchen, der nicht *Shackleton* heißt?

17.

Der zweite Kommandant, Lieutenant, Shackletons bessere
Hälfte …

Was hat sie nur in mir gesehen, die Lehrerin in der Grundschule,
als sie mir beim Theaterspielen immer die Rolle von Vater Josef
oder Caspar dem Weisen gab, der Jesus Weihrauch mitbrachte,
oder Johannes dem Täufer, der stets den Weg sauber fegte?
Was sah sie in meinen metallischen Pupillen, der Baritonstimme,
meinem häufigen Schweigen –
Schere, Verbände und Jod
in einem Erste-Hilfe-Set?

Unter dem nackten Himmel der Antarktis folgte jeder dem
eigenen Stern,
sogar dem Schreiner erschien seine kantige Ambition.
Es brauchte nicht viel, um sie zu speisen,
ein paar Krumen Schlaflosigkeit und Löcher im Zelt.

Mein Stern war schwach, kaum wahrzunehmen,
versteckt hinter einem größeren, verstörenden,
wie ein ruhiges Tal hinter schroffen Gipfeln,
umso verführerischer, wenn er fehlte.

18.

Was dann geschah, ist schnell erzählt:
Ich arbeitete in einer Mine; das warme Herz der Erde
war grausamer als ihr eisiges Hirn.
Ich legte Schienen nach Süden, immer auf das Unbekannte zu,
wie wenn du auf zwei Saiten einer Geige spielst: Freud und Leid
vermischen sich schicksalshaft am Horizont.

Ich reparierte Häuser. Eine neue Zeitverwendung.
Ich begriff ihre Schwächen nicht,
wie du bei Unterwasserwesen die Augen oft nicht von Mund
und Genitalien unterscheiden kannst.

Und als ich wieder keinen Groschen mehr hatte,
gab ich Vorträge über die Antarktis,
alle fünf Wörter gurgelte meine Spucke in der Kehle,
für die wenigen Leute,
die geduldig genug waren, ein Überlebensabenteuer anzuhören.

Da kam Bea. Die süße Beatrice.
Es war leicht, ihr das zu schenken,
was von meinem Herzen übrig war:
ein schwerer Bund aus Museumsschlüsseln.
Ohne Furcht, sie könnte sie verlieren.

Müde Lungen und Leber
konnten meinem zerfallenen Image kaum folgen.
Bankrott und alkoholsüchtig
ähnelte ich Bertran de Born im vorletzten Kreis von Dantes *Inferno*,
den abgeschnittenen Kopf in der eigenen Hand.

Meine Asche verschwand in der Spalte einer Kirche.
Es war Kriegszeit. Ein nächster Weltkrieg, der zweite,
der nicht einmal mit der eigenen Asche etwas anzufangen wusste.

19.

Einige von uns starben im Krieg. Andere zog es aufs Wasser,
graue geborstene Gewässer des Südens.
Die Decken rochen nach Diesel und Alkohol.
Unsere zufälligen Itinerarien.
Vollzeitmelancholiker.

Dort in der Antarktis
während wir, mit einer Mauer im Auge
und dem runden Hals der Flasche am Mund,
auf die Rückkehr unseres Schattens warteten,
strapazierten wir eine Frage, die nur einmal im Leben kommt,
wie die Schafblattern.

Den Rest der Zeit
zählten wir unsere Narben,
mit epischer Geste, als wären wir Kinder.

Die Geige

Sie irrt sich wie ein Kind, sie schläft schön.
Sie atmet leicht, wie eine Eidechse auf sonnenwarmen Ziegeln,
wie ein Grashalm,
wie ein offener Hemdknopf.

Ich weiß, was nachher kommt; sie bemüht sich nicht einmal.
Alles gehen lassen, ein tiefer Schlaf,
in ihrer Kraftlosigkeit – ein Wintervogel,
der durch die Luft saust, ohne den Kopf zu drehen,
wie der verkohlte Rest eines Feuerwerkskörpers.

Es ist das letzte Mal, dass ich diesen Kopf berühren kann,
das letzte Mal wühlen
in den warmen Anfängen der Dinge. Sie schläft.
Ich sehe die Schultern, den Rücken, der sich auf und ab bewegt,
und die Schlaflosigkeit
zerstückelt den Anblick
in ein lädiertes Fresko aus der Renaissance.

Wenn sie wach wird,
wird sie die Längsstreifen meiner Hosen überm Gesicht haben,
irgendwo zwischen den rätselhaften Höhlen der Augen und quer
über der Stirn,
und ein Geigengesicht wird mich fragen: »Hab ich geschlafen? Hab
ich geschlafen, wie ich schlafe?«
Ich weiß es nicht, während du schliefst, hat ein Bub eine Geldbörse
gestohlen,
ich habe ihm schweigend zugeschaut,
weil ich den scharfen Geruch, den er hinterließ, herrlich fand.

Sozusagen gestern

Ein paar Unbekannte
bauen in unserer Gegend ein Haus.
Geschrei, Flüche, Jubel.
Hämmer und ein Bündel Arme.
Gepfiffene Melodien hinten und vorne
von Schluckauf gebeutelt.

Das große Fenster geht nach Osten.
Ein Bub in Sandalen zieht unbeholfen
einen Kanister hinter sich her, halb so groß wie er.
Er wirkt beruhigend, wie Löschpapier
auf frischer Tinte, bevor ich umblättere.

Mit Zement beladene Lastwagen
hinterlassen ein Unendlichkeitszeichen
im Schlamm.

An der Mauer kontrolliert ein Bleilot die Ausrichtung,
ein Medaillon aus dem Nichts,
an einem Hals, dem
niemand ins Gesicht blicken kann.

Sie begannen mit der Scheune. So fängt neues Leben an,
mit einem Axiom.

Plötzlich fällt mir mein Vater ein,
der gerade vom Feld kommt,
verschwitzt, in der Mittagspause.
Er und Mutter
treten aus der Scheune
richten eilig ihre wirren Haare,
erröten, schauen sich ängstlich um
wie Diebe.

Ihr Schlafzimmer war kühl und sauber
im zweiten Stock des Hauses.
Ich frage mich noch immer: »Warum in der Scheune?«
Aber ich erinnere mich, dass das Vieh
hungrig war und die Ernte schlecht
und wir aus Sparsamkeit das Licht früh ausschalteten.

Ich war zwölf.
Ich schlief tief und meine Neugierde war träge,
ich warf sie achtlos zur Seite
wie den Schnee in den Straßengraben.

Aber die Scheune habe ich deutlich vor mir, als wäre es gestern
gewesen,
sozusagen gestern.
Was man mit einem zugekniffenen Auge sieht, vergisst man nicht:
den Tod des Helden im Kino
und die erste Sonnenfinsternis.

Die Eisenbahnjungs

Garantiert sind sie blond, alle blond,
damit sie einander gut sehen können
im Fett, Rauch und Kohlenstaub.
Locker, als ritten sie auf Büffeln, reiten sie auf ihren Pfiffen.
Sie kennen die Tonhöhe.
Von Weitem schon wissen sie, welcher Zug
in den kalten Norden fährt
und welcher nach Süden;
welcher Waggon die Post transportiert, mit handgeschriebenen
   Adressen,
und für welche Passagiere es keine Rückfahrkarte gibt.

Wenn der Güterzug ankommt,
klettern sie eilig hinauf, genießen ein Stück Himmel,
am Rücken auf Holzbrettern liegend.
Das ist der halbe Weg; jetzt
sind sie den Sternen näher als ihrem Zuhause.

Das ist die erste Prüfung ihrer Männlichkeit.
Die anderen folgen, hinter dem kaputten Waggon –
ein Mädchen mit rostrotem Haar.
Wer war sie? Die erste Liebe hat keinen Namen
aber einen schönen Eckzahn und lässt sich rufen.
Und auch die zweite … die dritte …
Wer daran gewöhnt ist, die Kleidung seines Vaters zu tragen,
braucht keine eigene,
für den Sohn Aarons ist sie überflüssig,
Aaron, den seine Blasphemie
vom Schlaraffenland fernhielt.

Garantiert sind sie blond, alle blond
die jungen Eisenbahner. Für sie
ist alles drin.

Siehst du wie der erste Waggon der letzte wird,
der letzte der erste,
wenn die Lokomotive die Richtung ändert?

»Hey, wie ist es im Norden?«
»Die Leute tragen Pelze und haben blaue Adern.«
»Und im Süden? Was erzählt man?«
»Dort denken die Leute mit den Herzen und fuchteln beim
Sprechen.«
Über den heißen Schienen
verzerrt die Luft ihre schlanken Silhouetten
wie ein konkaver Spiegel, löscht
die Worte »Pelz« und »Herz«.

Und gegen den eigenen Willen wird jeder von ihnen
das falsche Mädchen heiraten,
jene mit dem langen Winter in den Augen;
unter kahlen Bäumen
ist es schwierig sich auf dem Nachhauseweg zu verlaufen.

Mit der Zeit verstummen die Pfiffe;
die Büffel verwandeln sich in weiße kuschelige Welpen.
Und, wie immer unerreichbar, sickern der Norden und der Süden
aus den Ärmeln der noch nie getragenen Mäntel der Väter.

Verzögerte Nachrichten

Ins Dorf in den Bergen kommen Nachrichten einen Monat später.
Die Distanz macht sie unschädlich: der Verstorbene landet direkt
im Paradies und ein Staatsstreich wird zum Willen Gottes.

Einsamkeit ertrinkt in Einsamkeit. Die Phantasie ist das Harz,
das dich vor deinem Körper schützt. Im Übrigen lehnen schwere
Kastanienbäume und betrunkene Männer bei Sonnenaufgang
mit kalten Schultern an der Mauer.

Die Mädchen heiraten gerne in die Ferne;
so bleibt das Denkmal der Fünfzehnjährigen
unberührt zurück.

Die Bräute stammen aus fünf Dörfern,
Bräute, die Prophetenkinder gebären werden,
in Scheunen in Heu und Stroh. Ah, ja, ich wollte noch sagen
nur ein Kind wird Prophet;
die anderen üben das Steinewerfen
(auch dies Teil der Prophezeiung).

An einem herbstlichen Mittag wie diesem
werden sie aus der Schule kommen, wie ein verwirrter
Krähenschwarm
dem Blutgeruch hinterher ist,
das kaputte Postauto verfolgen
bis zur Kurve, wo es sich in Staub auflöst.

Dann stehlen sie Birnen aus dem »Garten der Hure«.
Keiner hält sie auf. »Eine Frau mit zwei Männern … die ist schon
entschädigt!«
Zwischen wilden Birnen einen Roman in der Tasche –
bitte gut behandeln. Eine Anna Karenina,
ungeduldig gelesen, beginnend auf der letzten Seite,
sauber und treu ergeben wie verzögerte Nachrichten.

Metamorphose

Der Sommer nähert sich
mit einer verzweifelten Sehnsucht nach Leben,
wo ich doch lebendig bin.
Eine neuerliche Chance näher an …
Wem näher? Näher zu was?
Das rechte Wort fällt mir nicht ein.

Als Kind zeichnete ich ein Viereck
mit einem Rauchfang, aus dem es blau aufstieg, und nannte es Haus;
ein gelbes Knäuel
Sonne
einen roten Kreis mit einem Schwanz nannte ich
Apfel
und einen zerdrückten Apfel
Herz.

Alles war einfach.

Die Objekte sind bis heute dieselben,
nur die Wörter haben sich vervielfältigt.
So wie wir den Straßen und Ecken der Stadt, in der wir
seit Jahren leben ohne sie uns zu eigen zu machen,
Kosenamen geben.

Und später, wenn es nichts mehr zu hoffen gibt,
abstrahieren wir wieder, bringen die Objekte
in ihren Originalzustand zurück:
ein Haus, das blauen Rauch ausbläst, ein Knäuel, knallorange,
ein Apfel und ein Herz.

Wenn wir keine Hoffnung mehr haben,
verwandeln wir sie in Kunst;
wenigstens eine Predigt für die,
die nach uns kommen.

Wasser und Kohlenstoff

1.

Die Offenbarung kam an einem Septembertag,
nicht auf dem Gipfel eines kahlen Berges, sondern im
Chemiekämmerchen,
in der letzten Stunde, als der Hunger schon begann uns von innen
her zu verätzen.
Nach einem Monolog über Hamlet und Gleichungen mit zwei
Unbekannten
war klar: zu lernen gab es hier nichts mehr.

»Der Mensch besteht nur aus Wasser und Kohlenstoff.«
Mit dieser Verkündung schrieb er eine lange löchrige Formel an
die Tafel,
sie sah aus wie ein Fangeisen für Hasen.
Die Botschaft kam vom heiligen Johann, dem Chemielehrer,
im verschwitzten Hemd, denn es war heiß,
den Gürtel hatte er im letzten Loch verankert,
er war glatt rasiert, trug die Haare gescheitelt und mit einem Öl
namens Figaro in Form gekämmt …

Sollte er nicht ein bisschen unglücklicher aussehen?
Zumindest einen Bart tragen?
Einen Busch vor dem Fenster in Flammen aufgehen lassen?

»Einfach Wasser und Kohlenstoff,
vielleicht noch ein wenig Magnesium, Stickstoff, Kalzium und
Phosphor … viel Auswahl gibt es nicht.«
Allmächtig warf er die Kreide in eine Ecke, wie den Schlüssel
zu einem Eingang ohne Tür.
Er rieb sich die Hände. Seine Mission war erfüllt,
das letzte Wort gesprochen. Jetzt
zieht aus und verbreitet die frohe Botschaft!

Oder fahrt zur Hölle; ist doch egal.

Eine bittere Erleichterung in der Luft, ein Duft nach frisch
geschnittenem Gras.
Plötzlich wussten wir nicht mehr, wer wir waren;
plötzlich waren wir alle gleich.

Aber warum dann die ewige Sorge im Gesicht meiner Mutter?
Und mit welcher verdammten chemischen Verbindung
unterhielten sich
Adler und Schopenhauer im Nebenzimmer,
von dem uns nur eine dünne Mauer trennte,
oder doch ein ganzes Leben?

2.

Wasser und Kohlenstoff. Messbar.
Sie messen dein Gewicht, wenn du geboren wirst, wie lang du bist,
das Klopfen deines Herzens;
stoppeln dich zu, dein Nabel ein Siegel aus Blei
du bist nicht autorisiert, es zu öffnen! (Du bist zu nichts dich
Betreffendem autorisiert!) Sie messen deine
Temperatur, im Schatten natürlich,
den Zucker-, Eiweiß-, Eisengehalt, mit einem Hammer die Reflexe
am Knie,
die Zunge, zweimal: vor und nach dem Essen.
(Was hat das mit Sprechen zu tun?)

Sie messen den Umfang deines Kopfes, damit du
einen Hut tragen kannst, einen kühlen Kopf bewahrst,
die Weite deiner Brust für einen Anzug,
mit den eiskalten Händen des Schneiders
kitzeln sie dich anfangs unter den Achseln an den Rippen,
später machen sie dich nervös.
Sie polstern deine Kleider mit Baumwolle aus
niemand soll hören, was du in dir hast.
Zweireihig, einreihig, Reserveknöpfe, blinde Taschen, fester
Bund für die Hose.
Gehört dir! Jetzt bist du einer von uns!
Willkommen im Königreich von Wasser und Kohlenstoff!

Bei der Rekrutierung kontrollieren sie deinen nackten Körper.
Du musst gesund sein, das perfekte Lamm in der Herde,
bereit für ein Opfer im Namen des Vaterlands.
Gib Cäsar was Cäsar gebührt.

Du weißt nicht genau, was zuerst bedecken.
Zwischen den Genitalien und dem rasierten Kopf
wählst du die Ersteren,
vergisst, dass die Mähne den Löwen zum König macht.

»Um was zu beschützen? Wo beginnt und endet mein
Territorium?«
Nichts gehört dir. Greif an und dring ein. Benimm dich wie das
Pferd auf dem Schachbrett:
zwei Felder horizontal, drei vertikal. Leg dich dem Schicksal
auf die Lauer, vorne, hinten, dort, wo keiner es erwartet.

Und vergiss nicht: sobald du dich irgendwo niederlässt,
hänge eine zerrissene Bluse und löchrige Hosen draußen auf die
Leine
um die Krähen zu verjagen.
Das wird deine Aufenthaltsgenehmigung –
die Armut macht dich überall zum Einheimischen,
Armut macht dich autochthon.

3.

Der Körper lässt dich im Stich, der Verräter.
Der Körper ist nur Kohlenstoff und Wasser.

Ich war siebzehn, als ich eines Morgens in meiner Zelle erwachte
nach einer Nacht im Delirium, 40 Grad Fieber,
    Lungenentzündung,
feucht vom eigenen Urin,
weder Kind noch Mann.

Dann, im Arbeitslager, draußen im Sumpf
sah ich den Theologen wie er vergammelte Zigarettenstummel
    aufsammelte,
für einen einzigen Zug oder um sie sich wenigstens unter die Nase
    zu halten.

Als ich den ehemaligen Sorbonne-Professor beobachtete,
wie er heimlich in Abfällen wühlte, bis er die Schale einer
    Wassermelone fand,
er wischte sie an der Hose ab und verschlang sie ohne zu kauen,
da wurde ich Zeuge der Auslöschung von fünftausend Jahren
    Zivilisation
innerhalb einer Minute.

4.

Der erhängte Körper dieses alten Mannes besaß so viel Würde
(die ihm auf Erden wie im Himmel verweigert blieb).
Barfuß wie ein Heiliger, sein Kopf ein kalter Planet
in der letzten Umdrehung um sich selbst
zur Seite gedreht, als ob er
das eigene Sterben nicht sehen wollte.

Aber damit war es nicht genug; sie rissen ihm die Goldzähne aus
mit einer Brutalität, als wollten sie drei Generationen entfernen.
Auch als Toter wirst du noch deklassiert.
Wie kann sich ein zahnloser Mann vor dem Letzten Gericht
  verteidigen?
Wie soll er seine Argumente formulieren?
Die Toten werden lachen. Die Engel werden sich den Bauch halten.

So wird auch er vergessen werden.
Einfach Wasser und Kohlenstoff, wie alle anderen.

Die Lebenden gingen wieder ihrer Arbeit nach, mit hängenden
  Köpfen
als wären sie auf ihrem eigenen Begräbnis. Peitschen knallten
auf ihre Hüften und Knöchel
ließen ihnen keine Zeit weiter nachzudenken.
Nicht der Letzte in der Reihe sein – darum ging es,
von morgens bis abends.

Doch wo war unser Land in dem Moment? Wo war Cäsar?

5.

»Sie zogen uns nackt aus
und schlugen uns unter kaltem Wasser
mit sowjetischen Stiefeln. Wir verloren das Bewusstsein. Aber …«

»Aber?«

»Am nächsten Tag waren wir alle vier wieder beim Appell.
Und dann wetteten die Offiziere um einen Kasten Bier auf den Jungen aus Tropoja,
nachdem sie ihn über Nacht draußen im Schnee gelassen hatten,
nackt wie an dem Tag als er geboren wurde.
Aber …«

»Aber?«

»Einer von ihnen verlor die Wette.«

»…?«

»Als sie den alten Mann ohrfeigten wie ein Kind, ihm ins Gesicht schlugen
und ich nichts tat um ihn zu schützen …«

»…?«

»Da wusste ich, sogar dem Tod waren wir egal. Er kam näher, schnüffelte an uns wie ein Hund und ließ uns bleiben …«

»…?«

»Wir waren nur ein Oberschenkelknochen, ohne Mark.«

Und plötzlich leuchteten seine Augen,

als ob er an der Wand einen Nagel gefunden hätte,
an dem er seine Geschichte aufhängen konnte, wie ein Bild,
das er bisher ständig in der Hand halten musste,
und fügte hinzu:

»Aber Hauptmann Halim war ein guter Mensch …«

»Was hat er denn Gutes getan?«

*»Er hat nichts Gutes getan,
aber wenigstens auch nichts Schlechtes.«*

6.

Und eines Tages wurdest du eins mit dem Schmerz, der Schmerz
war eine Gliedmaße, musste behandelt werden
wie die anderen: gewaschen, gesäubert,
die Nägel sorgfältig geschnitten, gewärmt,
du spürst wie die Gliedmaße taub wird wie die Hand
unter deinem Kopf, auf der dein ganzes
schlafloses Gewicht liegt.
Wenn der Scheinwerfer des Lagers hinterhältig
über die braunen Decken streicht –
ein Schakal, der das schwächste Tier der Herde zur Beute nimmt.

Niemand und nichts kam mehr zwischen dich und den Schmerz.
Einer ging ins andere über wie sich Salz im Wasser löst
(du weißt jetzt gar nicht mehr wer von euch vorher da war).

Und du hörst auf zu klagen.
Aus deinen Lungen strömt Kohlendioxid.

7.

»Ich habe genug gehört. Es reicht.«
»Sag mir nur eins: warum habt ihr das alles erduldet?«
fragt sein Bruder von der anderen Seite des Ozeans,
das Haar gekämmt von der Brise am Hudson River,
in einem Land, wo die Verfassung das Recht glücklich zu sein
garantiert.

»Und was hätten wir deiner Meinung nach tun sollen?«

»Drei von euch töten lassen, damit der vierte in Würde leben kann.«

Aber das entspricht nicht den Gesetzen der Chemie.
Die einzige Mission von Wasser und Kohlenstoff ist
unter allen Umständen am Leben zu bleiben.

Und um am Leben zu bleiben brauchen sie nur Basisinstinkte.
So wie die Basiswörter in einem Taschenwörterbuch,
das Touristen in fremden Ländern benutzen.
Zum Beispiel: »Brot« »Wasser« »Wie komme ich zur nächsten
Stadt?«
»Habt ihr ein Zimmer für heut Nacht?« »Ich zahle in bar.«

Der Instinkte wegen
kehrten einige von uns lebendig heim
mit ein paar geliehenen Schuhen.
In einer Hütte aus Stroh und Schlamm fingen wir
ein neues Leben an
unter einem Himmel, wo sich ein farbloser Brei
mit allen übrig gebliebenen Samen mischte
wie in Noahs Ursuppe.

Wir wärmten die Mauern mit unseren Schatten.
Wir waren Waffen ohne Trigger.

Und wir brachten Kinder zur Welt, zweidimensionale Wesen
wie der Streifen Licht, der unter der Tür durchkam oder durch
einen Riss im Dach fiel.
Träumerische Kinder, Kinder des Überlebens,
die nur den dünnen Hintern des Ochsen der Kooperative kannten
    und sich abends
wie eine geheime Sekte
um Dickens versammelten.

8.

Das Böse kannst du nicht besiegen. Das Böse endet von selber.

Wie groß es auch ist, das Böse hat seinen Moment der Sättigung:
Haie, Kriege, Borkenkäfer, Epidemien,
Cholera und Pest, Gletscher – alle haben sie eines Tages genug.
Sogar die Diktaturen,
während ihren kranken Mägen Sulfur entweicht.

Gelobt sei, wer das Glück hat in der Epoche der Sättigung zu leben,
wie im Paradies dieser illustrierten religiösen Flugblätter,
wo Tiger und Menschen friedlich nebeneinander in der Sonne
  liegen,
in einem Apfelgarten, an einem Fluss, in dem Honig fließt, leben
und leiden sie miteinander.

Schuld ist keine Frage von Wasser und Kohlenstoff.
Schuld gibt es nicht.

9.

Kinder ja,
aber Erwachsene verzichten nie auf ihr Spielzeug.

Zwischen Metalldosen und Löffeln aus Aluminium,
Mänteln und Pantoffeln in Einheitsgröße, unter rasierten Köpfen
wurden wir anhand unserer hoffnungslosen Fälle klassifiziert:
einer glaubte an »die Republik«, ein anderer an »die Monarchie«,
ein dritter an »die Revolution«, ein nächster an »die Wahrheit«
und einer einfach an »Gesundheit«.

(Ein bisschen viel für vier Quadratmeter Oberfläche.)

Und einer sprach einmal mit sich selber dann wieder mit der Zimmerecke,
und übertrieb etwas, als er behauptete er sei Konstantin der Große.
Aber mit dem vom Körper separierten Geist
war er exakt wie die Statue des Kaisers Konstantin
in den Musei Capitolini in Rom
noch dazu
mit zwei rechten Händen.

Du hast nicht das Recht zwei Plätze in dieser Welt zu besetzen.
Sogar im Gefängnis ist kein Platz für eine gespaltene Persönlichkeit.
So brachten sie ihn eines Tages weg, in all den Einzelteilen. Und ich weiß nicht wohin: welches Teil ins Gericht kam und welches ins Irrenhaus.
Er war erst 25 Jahre alt.

Von oben betrachtet
waren wir einfach ein anthropologisches Museum,
wo irgendwo ein Mühlrad verblich, ein Pergament vergilbte und
irgendwo das Gewand eines Reiters hing
ohne den Reiter darin.

10.

Wasser lässt sich recyceln.
Die Natur führt einen guten Haushalt, lässt nichts verkommen.

Derjenige, der für den Jesus des »Letzten Abendmahls« Modell gestanden hat,
soll vier Jahre später auch als Judas posiert haben.
Diesmal nicht mehr als dünnhäutiger Junge mit Goldhaar aus dem Kirchenchor,
sondern ein wegen schwerer Verbrechen Verurteilter in einem römischen Gefängnis.

Wasser kann innerhalb von vier Jahren Wunder bewirken, gefrieren, trüb werden, sauer, über seine Ufer treten … Wunder, die nicht einmal das Adlerauge Da Vincis vorhersehen kann.

So könnte jeder von uns vier Leben haben.
In der Pechvogel-Version
werden wir von Luftballons zu Reinigungshandschuhen recycelt,
dann zu Autositzen und letztendlich zu synthetischem Schnee,
damit eine romantische Weihnachtsszene mitten im Juli gedreht werden kann,
bis zum zufriedenen »Stopp« des Regisseurs.

Wo es Hoffnung gibt, gibt es Kompromisse.

Aber was kann man über den Mann sagen,
der freiwillig den Hungertod wählte?
Ecce homo schrien spöttisch die Provozierten in Uniform, Materialisten,
die ungeduldig darauf warteten sich die Hände zu waschen.

Würde ist nämlich,
wenn schon nicht erblich,
sicher ansteckend.

11.

Wasser hat ein kurzes Gedächtnis.

Nur fünf gesegnete Tage dauert es vom Palmsonntag bis zu Karfreitag;
wen sie am ersten Tag in Jerusalem als Erlöser empfingen,
nagelten sie am fünften Tag als Verräter ans Kreuz.

»Aber wenn wir nur Wasser und Kohlenstoff sind,
was ist dann die Liebe? Woher wissen wir, dass es Liebe ist?«

Du weißt es nicht, aber die anderen.
Weil du nach Rauch riechst, denken sie:
da muss ein Feuer gewesen sein.

Dort im Lager, wenn dienstags die Post kam, Briefe der Frauen, der Verlobten, der Geliebten,
blieb oft einer von uns mit leeren Händen übrig.
»Kein Brief für dich!« Das hieß: »Sie hat dich verlassen.«
Da richteten sich aller Augen auf dich und konjugierten das Wort »verlassen«,
in allen Zeiten, Formen, Personen.
Über die Etymologie drangen sie direkt vor
bis zu Salome und dem »Tanz der sieben Schleier …«
Nie zuvor hast du dich so nackt gefühlt.
Sie konnten jedes Haar, jede Pore an deinem Körper zählen,
die Nerven unter deiner Haut, die rasten wie gejagte Maulwürfe.
Sie konnten dein Herz klar ausnehmen, eine späte Tomate,
grün, so grün, dass du selbst stauntest.

Und *wer unwissend nach Rom reist,*
kehrt unwissend zurück.

12.

»Du bist frei«, sagten sie nach fünfundvierzig Jahren. »Wo willst
du hin?«
Es ähnelte der Frage an einen Todgeweihten, »Welches Lied
möchtest du hören?«
Oder genauer: »Weißt du, was du verlierst?«
Eine doppelte Exekution.

Es war Ende Juni. Der Himmel riss den Mund auf
zu einem frechen Lachen, zeigte dahinter eine Reihe Wolken
über einsamen Berggipfeln wie die Fahrkartenverkäuferin
ihre Weißheitszähne, als er sagte:
»Ein Ticket ans Meer, bitte!«

Die Reise war lang,
die längste, die unsere Form von Wasser und Kohlenstoff
unternehmen kann.
In einem Waggon, der nach frisch gebackenen Semmeln und
Schweiß roch.
Er stieg bei der falschen Haltestelle aus. Den Rest des Weges
setzte er zu Fuß fort. Ein Lüftchen aus den Pappeln kitzelte ihn im
Nacken
wie den frisch Vermählten, wenn er ins Schlafzimmer tritt
und nicht weiß, war diese Geste freudig oder tröstlich gemeint?

Und da war das Meer!
Wie kann ein Mensch solch ein Wunder vor einem anderen
verstecken?
Wie kann man Wasser vor Wasser verstecken?

Wo hatte er dieses weiße Schiff schon gesehen, das gerade den
Hafen verließ?
In welchem Traum seines Vaters, Großvaters, Urgroßvaters?
Rundum Frauen und Männer in getüpfelten Badeanzügen

und fröhliche Kinder mit sonnenverbrannten Schultern.
Nur er kam aus der falschen Jahreszeit,
zu spät, zu früh.
Nur er war vollständig angezogen, trug Schuhe
wie ein schwarzes Klavier mit heruntergeklapptem Deckel in der
Ecke des Saals,
um den herum die Welt sich ungestört weiterdrehte.

Er berührte den Sand, die Milliarden Sandkörner,
nur ein einziges von ihnen würde im Bauch des Mollusken
schmerzlich zur Perle werden.

Wenn es kein Wasser gibt

Sonntag. Von den Sohlen der Schuhe im Korridor
tropft ein Plasma aus Schnee und die Amnesie kurzer
Besorgungen.

Die 150-Watt-Lampe in der Mitte des Zimmers
wie ein gelbes Stück Käse in einer Mausefalle.
Meine Mutter strickt und zählt dabei leise;
sie weiß immer, wie viel noch fehlt, und in welcher Reihe,
wie ein Stück Stuck in die Ecke des Fensters gedrückt,
das immer heller wird, wenn sie kommt.
Sie ist ein kleines Nadelkissen,
beherrscht die Kunst der Unterwerfung wunderbar und
bemüht sich, sie auch mir beizubringen
und meiner Schwester,
drei Matrjoschkapuppen, der Größe nach geordnet,
ich bin die letzte,
diejenige, die man nicht mehr auseinandernehmen kann.

Du bist eine von uns

Acht von den sieben Tagen der Woche sind unter den Achseln
und an der Brust ausgeblichen wie Arbeitskleidung aus Baumwolle.
Du bist eine von uns.

Von sieben Frauen haben acht geschwollene Krampfadern
und die Nieren mit einem Wollgürtel verbunden.
Du bist eine von uns.

Die Jüngste hat den Schmerz der Mutter imitiert, mit den Händen
an der Taille,
sie will auf kürzestem Weg zur Erkenntnis.
Du bist eine von uns.

Ringsum sind sie feucht geworden, haben ihre Träume erzählt, mit
Mündern voll Eiern,
die Träume mit Steinen gelöscht wie Feuer, die Kinder an riskanten
Stellen legen.
Du bist eine von uns.

Du wirst verachten oder verachtet,
wenn du ein Halm bist, der keine Wurzeln schlägt.
Aber, sobald ich meine Verachtung aus der Tasche zog, wie ein
Klappmesser,
unterbrachen sie mich:
»Vorsicht, du wirst dich schneiden; steck das wieder ein!«
Du bist eine von uns.

Homonyme Leben. Alle gleich geschrieben.
Meines keine Ausnahme.
Und das Unglück ist eine alte Schreibmaschine,
der die Akzentzeichen fehlen.
Du bist eine von uns.
Eine von ihnen.

Weil ich gleichzeitig an zwei Orten war,
wie in Telepathie. Ein unbestimmtes Vorgefühl von etwas,
das in einem anderen Leben geschah, womöglich möglich,
alternativ.

Der Geruch von Milch

(*Erinnerung an H. Kupi*)

Jetzt,
viele, viele Jahre später,
kann ich mich vielleicht fragen,
was mich mit diesem siebzigjährigen Alten verband,
einem Kirschbaumstamm von Mann.

Wir verbrachten viel Zeit miteinander …
Mit den flinken Bewegungen seiner Hände,
Schaufeln, die auf der Straße Schnee räumten,
sprach er, von den Träumen der vergangenen Nacht,
las während der großen Hitze
geschriebene Tagebucheintragungen,
kam mit dem Zeigefinger jedem Beistrich,
jedem Wort, jeder Pause zuvor,
wie das Schicksal manchmal seiner Zeit.

Wir unterhielten uns auf Englisch,
ein archaisches Englisch, das aus dem Gefängnis stammte.
Wie sagt man »Luft«, »Familie«, »Brücke«,
wie sagt man »Uhr«?
Mit einem kaum wahrnehmbaren, verzweifelten »u«,
wie ein grauer Faden Haar im Kamm.

Von ihm habe ich gelernt zu fragen, »Wie geht's?«,
und dem anderen dabei direkt in die Augen zu sehen.

Auf dem Kamin
Fotografien der Frauen der Familie,
lebend oder tot, alle an den Rändern verbogen,
die Hände vor den Bäuchen verschränkt,
wie wegen Epidemie vernagelten Häuser.
Tag für Tag dasselbe,

stundenlang,
bis ich ungeduldig wurde
oder die Schafsmilch auf dem Herd überging.

Viel später, als die Tagebücher verschwunden waren,
die Kirsche gefällt, der Kamin abgerissen
und die Fotografien von Schweigen verschleiert,
hatte ich den scharfen Geruch von verbrannter Milch noch in der Nase.
Das Vorlesen hatte sein Ablaufdatum überschritten.

Ich war kein Kind mehr,
das an das Testament des Lesens glaubte.

… mit einem Kind zu sprechen,
ist wie auf junge Blätter treten
ohne darauf zu warten, dass sie »Warum« fragen oder »Wie«.

Sommerende

Auch dieser Sommer geht zu Ende.

Und damit meine ich nicht die leeren Swimmingpools
oder den Wind, der nach Aas schnüffelt, wie die jungen Kojoten
am Strand.

Ich rede von einem anderen Sommer,
anderen Zeichen.

Der Moment da du spürst wie dein Stern abkühlt;
du nimmst ihn aus der Brust und nähst ihn auf die Jacke
oder an den Mantelkragen,
die anderen sollen ihn endlich bemerken.

Da du das Verhandeln lernst:
fünf Nachspeisen für eine einzige Zigarette
fünf Lebensjahre für eine enttäuschte Liebe
fünf Jahre als Schmetterling für fünf Tage als Raupe im Kokon.
Wenn du verstehst –
Bitterkeit ist der Schlüssel der Existenz.

Und wenn du siehst, wie das Relief im Gesicht deiner Mutter
und die Gesten deines Vaters
sich haargenau in dir wiederholen.
Es gibt keine Alternative;
jede Stadt kehrt zurück zum Alltag,
sobald der euphorische Schmuck der Festtage abmontiert ist.

Wo ist das, was uns einzigartig machte?

Unter der Tür schieben unbekannte Hände
Reklameblätter durch,
Angebote zum Saisonende.
Sie wollen den Sommervorrat loswerden.

Und unter den Kopfpolster
schieben andere Hände heimlich
Provokationen zum halben Preis.
Unser halber Stolz
wird sich ihnen noch eine Weile
widersetzen.

Kamillenatem

Wir haben uns nie über den Tod unterhalten, Mutter,
wie Verheiratete nie über Sex reden,
wie Ärzte das Wort »Blut« nicht in den Mund nehmen,
wie der Briefträger nichts von »Nachrichten« sagt
oder die Taucher von »Luft« …

Aber die Angst verwandelt die Dinge, die du berührst,
wie ein Baumwollfeld mit den Bewegungen
der dunkelhäutigen Sammlerin zu wogen anfängt.

In der Früh
befreit sich dein nach Kamille duftender Atem
wie ein Lamm
aus seinem Gehege.
Auf dem verdrückten Kissen
ein paar weiße, unbekannte Strähnen
und schwarze Metallklammern.

Glaub nicht dass er lautstark kommt
mit Glöckchen an Ellbogen und Knie
auffallend gekleidet
wie ein Mann im Karneval
oder ein Morris-Tänzer Ende Mai.

Den Karnevalsmann wirst du niemals zu sehen kriegen!

Du wirst ein Kind mit dünnen Beinen und dickem Schopf
erblicken, das keine Zeit hatte erwachsen zu werden;
hast du nie gehört, wie gesagt wurde,
der Tod sei so nahe an der Geburt
wie zwei Nasenlöcher
bei einem tiefen Seufzer.

Auf der Liste der zu erledigenden Dinge

Ich verspreche, ich komme dich geschwind besuchen;
und nie halte ich mich daran, wenn es um dich geht.

Nämlich seit du nur eine Zeile bist
auf der Liste der zu erledigenden Dinge,
immer ersetzbar durch etwas anderes, Wichtigeres.
Weil du das Ding bist, das warten kann.

Immer ein Winter, den wir gerade hinter uns haben;
wie schwer wird er dir gefallen sein,
ohne ein Glas warmen Tee am Abend, ohne etwas, an dem du dich
rächen könntest,
während du innerhalb deiner Mauern an dir selber nagst,
wie Metall und Quecksilber an einem Schälchen
für die Füllungen der Zähne.

Immer ein Sommer, der kommen wird, die allnächtlichen
Zänkereien
des Nachbarn mit seinem spät heimkehrenden Sohn
ersetzen die Uhr gegen Mitternacht.
Meine aus der Zeitung geschnittene Fotografie
hängt am Halswirbel an der Wand,
ersetzt den Kalender.

Irgendwann, wenn du nicht mehr sein wirst,
werde ich einen langen Strich ziehen
durch deinen Namen, auf der Liste der zu erledigenden Dinge,
von rechts nach links

wie in den arabischen Schriften die heiligen Befehle,
ohne die geringste Möglichkeit,
sich davor zu drücken.

Vater!

Am namenlosen Ort

Es ist nicht nötig, ein Formular auszufüllen
und widerwillig Fingerabdrücke zu geben.

Kein Fremder wird beschädigen,
was atemlos erbaut wurde;
und die Steine für die Tempel kommen von weit her, kilometerweit
womöglich,
damit man die Geometrie der Schatten genießen kann.

Es gibt keine Schlüssellöcher, was gibt es schon zu klauen
im Stadtstaat der verstorbenen Dichter?
Wie Leukoplast auf den Brauen nach Jungsraufereien
lassen sich die Briefkästen nur entfernen, wenn man sie nass
macht …

Städte ohne Reklame. Ohne schöne Frauen mit
Antikarieslächeln. Nur Straßen, Straßen, die Richtung Peripherie
führen,
zu den Grenzen des Wissens – der Diktatur eines Grashalms.

Ich grüße. Keine Antwort.
Wozu wünscht man jemandem, der innerhalb eines Tages
oder gar innerhalb einer Stunde geboren wird und stirbt, alles
Gute?

Da sind sie alle, auf meinem Arbeitstisch,
auf den Rückseiten der Umschläge ihre extra dafür geschossenen
Fotos,
im Hintergrund der Garten von Eden,
aufgeklebt wie Rechnungen auf den Kleidern aus der chemischen
Reinigung.

Und schlussendlich weiß ich den Namen dieses Ortes nicht,
eine Nation ohne Märtyrer hat eben keinen.
Deserteure, ja, gebrandmarkt, wie spartanische Deserteure
mit halb rasiertem Gesicht,
im Frieden mit Licht und Dunkel zugleich.

Sie beeilen sich zu sterben

Einer nach dem anderen sterben sie;
Erde auf sie zu streuen, gehört schon zum Alltag
wie Essen salzen.

Sie sind alle aus einer Generation, meine Verwandten,
besser gesagt, aus einer Epoche,
und die Kinder dieser Epoche sind wie vor Schlitten gespannte
Hunde
auf der Suche nach Gold;
sie müssen rennen, sonst stürzen sie.

Epochen haben nichts mit Mathematik zu tun.
Sie sind Kämme, die jede Rebellion des Haars glätten,
nach seinem verrückten Flirt mit sich selbst.

Urbi et orbi

1.

Trockene Luft und Staub.
Mäuse überqueren ungestört die Straße.
Schneidende Vogelstimmen wie aus einem Abgrund.

Keine Menschenseele; nur Steine und Schatten.
Eine unsichtbare Hand berührt leicht
die euphorischen Namen der Cafés und Bars
als wolle sie sie auswendig lernen.

Sogar der obdachlose Mann ist nicht in seiner üblichen Ecke,
seine leeren Flaschen sind über Nacht zerfallen,
jetzt gehören sie zur Archäologie von morgen.
(Falls es ein Morgen gibt …)

Es könnte Paris sein, am 14. Juli 1940,
Budapest am 4. November 1956,
Prag am 14. Juni 1968,
jede Stadt, die am Tag einer Invasion den Atem anhält.

Nichts dergleichen …

2.

Covid-19 »Die größte Gefahr
seit dem Zweiten Weltkrieg ...«

Doch wer das bezeugen könnte,
zieht spätnachts, feierlich
in Särgen, Militärlastwagen
durch eine Straße, die »Sankt Lazarus« genannt wird,
in irgendeiner Stadt, egal wo,
urbi et orbi.

Und sie haben keine Namen mehr, nur Nummern,
stornieren die Metamorphose unserer Art:
der Schmetterling wird wieder zur Puppe.

Man schlägt ihnen die Friedhofstore vor der Nase zu;
kein Platz, auch nicht im Krematorium.

Eine ganze Generation! Ihre Särge sind schwerelos.
Die Geheimnisse,
die sie mit niemandem teilen konnten, in ihren letzten Atemzügen,
lassen sie uns sauber und intakt in Erinnerung bleiben,
wie der Korb reisefertig verpackten Porzellangeschirrs.

Selbst die Räder der Lastwagen bewegen sich mit listiger Ruhe
    über den Asphalt
der Tod flieht vor sich selbst,
in diesem klebrigen Märznebel.

3.

Wie ein Krieg, aber nichts davon ist wie im Krieg:
weder der Ärger, noch die Opfer, noch der Ruhm,
noch wie enttäuscht wir von denen sein werden, die morgen die
Früchte ernten.

Versteckt hinter Mauern, Vorhängen, Leder, Gesichtsmaske
höre ich mich atmen,
meine natürliche Wahrheit:
das furchterregende Unbekannte.

Ein Teller mit Äpfeln, ein Messer.
Verrat hängt in der Luft.

Sehr wahrscheinlich
wird einer der Mäntel, die im Korridor hängen,
nie mehr getragen werden.

Der Tod nimmt denselben Weg
wie die Liebe:
ein Händedruck, eine Berührung, ein Flüstern ins Ohr, ein
Seufzer …
Wer von uns wird der Erste sein?

Und wer von uns der Betrogene …?
»Wenn du stirbst«, fragen die Augen meiner Mutter,
»wer wird mich dann versorgen?«

4.

Coronavirus, pandemonium, quarantine,
morbid, incubation, mortal …

Plötzlich sind wir wieder bei lateinischen Begriffen gelandet,
wie Verirrte umdrehen, zurückgehen,
dorthin, wo sie begonnen haben –
bei den Urinstinkten.

Wir kehren zu unseren Urbildern zurück
lange Haare, Bärte
wie damals, in der turbulenten Nacht am See Genezareth,
als wir nicht verlassen wurden.

Et ait illis quid timidi estis …?*
Freitagabend, leichter Regen
die Pflastersteine auf der Piazza del Vaticano
glänzen wie ein Feld schwarzer Diamanten.

* Und er sprach zu ihnen: Warum fürchtet ihr euch?

5.

Gestern ist jetzt sehr weit weg;
und morgen noch nirgendwo am Horizont.

Wir hupen, senden nervöse Signale
wie Fahrzeuge im Stau auf der Autobahn;
wir stecken im Nichts.

Ich drehe alle Wasserhähne voll auf.
Auf der anderen Seite der Wand wummert Heavy Metal, *Children of Bodom* vielleicht …
Über uns knarrt ein Doppelbett …
Unter uns reinigt ein Nachbar sein Jagdgewehr,
eine umso penetrantere Stille …

Am kleinen Balkon nebeneinander
ein Nachthemd – kopfüber – und eine zerknitterte Fahne.
(Wer wird diesen Traum später einmal deuten?)

Draußen der nächste Rettungswagen
mit stets lauter werdender Sirene,
obwohl die Straße vollkommen leer ist.

Die Wände sind keine Wände mehr; das Haus kein Haus.
Drinnen und draußen sind jetzt dasselbe.

6.

Angesichts von Todesopfern
werden die Dinge sehr einfach:
eine Geste, eine Grimasse, eindeutige Emotionen:
wie in einem Fresko.

Meine Mutter wäscht und kämmt sich jeden Tag sorgfältig.
Was auch immer kommen mag,
sie ist bereit.
Sie nimmt ihren Platz im Fresko ein –
zersprungen, ausgebleicht, ein Stück Putz
dort, wo etwas fehlt.

Eine Hand streckt sie nach mir aus,
mit der anderen hält sie den Mantel zusammen, ihre Nacktheit
    bedeckend,
aber endlich vollendet;
und trotzdem genauso einsam
und keiner ist daran schuld.

7.

Wenn dieser Alptraum zu Ende gegangen ist,
werden wir zu den alten Schuhen, Farben, Gebräuchen
zurückkehren
und zu unserer Eitelkeit.

Wir werden unsere Zähne anspitzen und Blumen zu den Gräbern
tragen,
wir werden über Liebe und Politik sprechen, ein Glas Wein dazu
trinken,
wir werden unsere Haut straffen und die depressiven Kilos
verlieren,
wir werden vergessen; das Vergessen ist unser einziger Talisman.

Die Welt wird wieder dieselbe sein.

Doch in der Zwischenzeit suchen wir verzweifelt nach einem Alibi
für unsere Wiederauferstehung,
etwas Glaube, Moral, Sinn.

Nachwort

Die vom Tode auferstandene Dichterin

»Schicksal« nennen wir das Unbekannte, das uns vereint. Ein Satz, der strahlt vor Klarheit und Logik. Ein Satz, wie wir ihn brauchen im Jahr 2021, da die europäische Zivilgesellschaft an Uneinigkeit im Umgang mit dem Unbekannten zu zerbrechen droht; und ein Vers im zweiten Gedicht des vorliegenden Bandes. Luljeta Lleshanaku schrieb ihn vor zehn Jahren auf Albanisch, einer Sprache, unter der sich sogar belesene Menschen oft nur wenig vorstellen können. Manche loben die Musikalität des Albanischen. Der Klang ist mir egal, sagt Lleshanaku. Das Schreiben sei ein rein rationaler Akt.

Ihr Geburtsort, die Stadt Elbasan, in einer Talebene am Fuß des Mittelgebirges gelegen, und das Geburtsjahr 1968 machten sie zu einer Expertin für kontrolliertes Verhalten. Kindheit und Jugend verbrachte sie in der Kleinstadt Kruja, auf einem Steilhang des Küstenrandgebirges, »wie in Quarantäne«; da ihre Familie als »Feind des Volkes« galt, lebten sie isoliert. Sie gehörten zu jenen, denen vom kommunistischen Regime eine »schlechte Biografie« zugeschrieben wurde, und waren permanenten Repressionen ausgesetzt. Wen man so definierte, oblag der Willkür der herrschenden Klasse, doch waren es vor allem vermögende Geschäftsleute wie Lleshanakus Großvater, Adelige, Menschen mit familiären Wurzeln im kapitalistischen Ausland, ehemalige Großgrundbesitzer, die enteignet und ins Gefängnis gebracht wurden. Sogar einfache Freuden wie der Auftritt ihrer Kindergartengruppe im Fernsehen blieben Lleshanaku verwehrt: sie wurde im letzten Moment aussortiert und nach Hause geschickt, niemand sollte die Enkelin des »Volksfeindes« auf dem Bildschirm sehen. Von klein an war Sie fortwährend überwacht – wie übrigens alle Bewohner Albaniens von der Machtübernahme Enver Hoxhas im Jahr 1944 bis 1990, wenn auch nicht im gleichen Maße. Bis zum Alter von 22 Jahren durfte sie nicht studieren, kein Gedicht veröffentlichen. Sie arbeitete in einer Fabrik, die Teppiche herstellte.

Erst mehr als ein Jahr nach dem Fall der Berliner Mauer am 9. November 1989 ging das kommunistische Regime in Albanien zu Ende. Am 20. Februar 1991 wurde die riesenhafte Statue des Diktators vom Sockel gestoßen. Mit diesem Ereignis erreichten die Proteste der Bevölkerung ihren Höhepunkt – vor genau dreißig Jahren. Sechs Jahre nach seinem Tod war Hoxha endgültig zu Fall gebracht.

Die eindrucksvollen Bilder von Menschenmassen, die einen schwankenden Riesen auf den Schultern trugen, während die Häuser im Hintergrund geradezu zerbrechlich wirkten, gingen auch im Februar 2021 wieder durch die albanischsprachigen Medien; gepaart mit Berichten vom Erstaunen, als man entdeckte: Die Figur war innen hohl.

Luljeta Lleshanaku lebt unweit des Ortes, an dem die Statue stand, im Zentrum von Tirana. Dort ist sie wissenschaftliche Leiterin des Instituts für die Aufarbeitung des kommunistischen Genozids in Albanien.

Acht Lyrikbände sind bisher von ihr erschienen. 1993 debütierte sie mit »Die Augen der Schlafwandlerin« und avancierte rasch zur vielbeachteten Lyrikerin. Nach dem fünften Band »Antipastorale« (1999) erhielt sie den albanischen Staatspreis für Literatur. Ab diesem Buch begann die internationale Rezeption, es wurde ins Italienische übersetzt. Aber erst im sechsten Titel »Kinder der Natur« (2006) setzte die Dichterin sich offenkundig mit ihrer Kindheit im albanischen Kommunismus auseinander; als hätte sie davor hinter einem Filter geschrieben, den abzuschütteln ihr erst fünfzehn Jahre nach der Demokratisierung gelang.

Mit »Kinder der Natur« wurde Luljeta Lleshanaku 2010 in einer schönen zweisprachigen Ausgabe der Wiener Edition Korrespondenzen von Reto Ziegler erstmals dem deutschsprachigen Publikum vorgestellt, die englische Übersetzung machte in England und den USA Furore, kurz darauf erschien der Band auf Polnisch. Angesichts der zentralen Position des Buchs in ihrem Schaffen wurden daraus sechzehn charakteristische Gedichte in die vorliegende Sammlung aufgenommen. Vor allem aber vereint die Ausgabe Gedichte aus den letzten zwei Jahrzehnten, während derer sie sich in die Elite der europäischen Lyriker*innen schrieb. Ja, Albanien gehört zu Europa und Lleshanaku ist Europäerin, mehr denn je, wenn sie mit dem in Serbien geborenen Charles Simic in Las Vegas in einer Bar sitzt: *Unsere Länder trennen / Berge, die von oben / wie friedliche Elefanten wirken. / Sie machen kurze Nickerchen. Wegen ihres Gewichts / finden ihre Körper keine Ruhe.*

Die Auswahl entstammt, neben »Kinder der Natur«, den Bänden »Sozusagen gestern« (2012) und »Homo antarcticus« (2015), ergänzt mit Texten aus »Gelbes Mark« (2000). Mehrteilige Langgedichte wie »Negativräume«, »Wasser und Kohle« und der aus 19 Strophen bestehende Zyklus »Homo antarcticus« prägen die rezente Arbeit Lleshanakus; sie erscheinen hier zum ersten Mal in deutscher Übersetzung, ebenso wie eine Reihe von Gedichten, in denen sie sich mit den großen menschlichen Themen auseinandersetzt: Geburt, Liebe, Altern und Tod.

Via politica

Ich bin in einem großen Haus aufgewachsen, / in dem Schwäche und Freudenschreie / bestraft wurden. / Und man fütterte mich auf der via politica ..., lautet ein Vers in einem Gedicht mit dem bezeichnenden Titel *Via politica*.

Für eine, die in ihrer Jugend erlebte, wie Dichter für eine Zeile über eine imaginierte »zweite Sonne« jahrelang interniert wurden, wie etwa Visar Zhiti, gibt es kein unpolitisches Gedicht. Schon der Akt des Lesens ist politisch; sogar der Besitz eines Buches. So heißt es in »Gelbe Bücher«, einem hier aufgenommenen Gedicht aus »Kinder der Natur«: *Eine Zeit, die kaum Wahrheiten hat, / kennt auch keine Tabus. Vielleicht ist dieses gelbe Buch eines der wenigen, / obwohl ich von ihm nur den Vorgang des Versteckens / in Erinnerung behalten habe.*

»Was in Albanien geschah, ähnelt den Vorfällen in allen kommunistischen Ländern, politische Opponenten wurden eliminiert und im Namen des Klassenkampfs verfolgt«, sagt die Dichterin, »doch hier dauerte es länger als anderswo.« Bis Ende 1990 gab es grausame Arbeitslager, in denen Menschen über Jahrzehnte festgehalten wurden. Lleshanakus Mutter war erst zehn Jahre alt, als man sie mit Elektroschocks folterte. Sie lebt jetzt bei ihrer Tochter, die neben ihrem Alltagsberuf und dem Schreiben auch für die betagte Dame sorgt. Wir begegnen ihr in einigen der in diesem Buch versammelten Gedichten als einer Frau, die nicht an Wunder glaubt, aber an die eigene Tatkraft, *und viele Male zerdrückte sie versehentlich den Abendstern / zwischen den Fensterflügeln, / aus Furcht, ihre Kinder könnten sich erkälten …*

Wenige Monate vor dem politischen Umsturz, im Oktober 1990, wurde Lleshanaku für tot erklärt. Fast inkognito stellt sich das Ereignis fünfundzwanzig Jahre später in dem Gedicht »Verzögerte Nachrichten« dar: *Ins Dorf in den Bergen kommen Nachrichten einen Monat später. / Die Distanz macht sie unschädlich: der Verstorbene landet direkt im Paradies / und ein Staatsstreich wird zum Willen Gottes.* Was auf Leser*innen, die von Kind an alles sagen durften, vielleicht vorsichtig wirkt, hätte in Lleshanakus Teenagerjahren Internierung bedeutet: den Willen der Partei zum Staatsstreich erklären und ihn mit dem eines Gottes gleichzusetzen, der in Albanien seit 1968 streng verboten war. *Einige Männer in Uniform / stürmten die Kirche mitten in der Nacht. / Die Anrainer sahen ihren Priester / in Unterhosen im Hof vor Kälte zitternd / und fragten einander enttäuscht: / »Der hat uns die Sünden vergeben?«* Lapidar verkürzt Lleshanaku in »Negativräume« die Bestrebungen des Regimes, alles Religiöse im Land auszurotten, auf wenige Zeilen. Gerade in konkreten Bildern, wie Kinder Glocken an den Klöppeln hinter sich herziehen, heilige Bücher als verbotene Liebesbriefe verbrannt, Kreuze aus Gräbern gerissen werden und ein Kult des rural-rustikalen Lebens die sonntägliche Messe ersetzt, lässt sie verstehen: Die Zerstörung religiöser Gebäude, das Verbot von Religion an sich, sei es im *Delirium der Kulturrevolution* oder unter anderen Slogans, raubt dem Menschen seine Würde und damit den Glauben an sich selbst.

Die Routine / wurde mächtiger als die Hoffnung, heißt es in »Homo antarcticus«, in dem anhand der Lebensgeschichte eines englischen Polarforschers die Geschichte der Menschheit an der Schwelle des 20. Jahrhunderts untersucht, ja geradezu seziert wird, bis eine neue Art zutage tritt, nämlich der *Homo antarcticus, der wissenschaftliche Beweis dafür / dass »vergessen« und »frei« ein und dasselbe sind.*

Luljeta Lleshanaku bekennt sich zu ihren muslimischen Wurzeln, hat jedoch – wie im atheistischen kommunistischen Albanien üblich – einen Katholiken geheiratet.

Bei ihren verzweifelten Versuchen, wenigstens ein einziges Gedicht zu veröffentlichen, traf sie Lazer Stani, Redakteur bei der Zeitung »Stimme der Jugend« (Zëri i Rinisë) und bereits anerkannter Schriftsteller. Es ist Liebe auf den ersten Blick. Die beiden verloben sich, wollen heiraten. Daraufhin erhält Stani einen Brief, er solle die Verlobung lösen, andernfalls würde er seine Stelle verlieren. Stani lehnt ab und steht auf der Straße. Ein Gerichtsbeschluss klagt ihn wegen »politischen Liberalismus« an, seine Verlobung mit der Enkelin eines Antikommunisten wird als politisches Statement verurteilt. Das Paar weiß, dies ist erst der Anfang, bald droht ihnen Gefängnis oder Arbeitslager. Sie beschließen, in Stanis Heimatdorf zu gehen – ein pittoresker, aber weit abgelegener Ort, hoch oben in den albanischen Alpen, damals nur zu Fuß erreichbar. Dort wollen sie den Winter abwarten und bei Schneefall die Flucht wagen, dann sollen die Grenzkontrollen nachlässiger sein und könnte es ihnen gelingen, das Land über Gebirgspfade zu verlassen.

In der Zwischenzeit verbreitete die Staatssicherheit die Todesnachricht der beiden, sie seien beim Fluchtversuch erschossen worden. Freunde und Familie verbrachten Wochen in tiefer Trauer. Da das Dorf über keine Telefonverbindung verfügte und jegliche Kommunikation kontrolliert wurde, dauerte es eine Weile, bis die Wahrheit ans Licht kam. Zu dem Zeitpunkt war das Jahr 1991 angebrochen, der Umbruch bereits in vollem Gang, und eine Flucht über die Berge erübrigte sich. Luljeta Lleshanaku blieb, während viele albanische Intellektuelle in den folgenden Jahren auswanderten.

Mehr Meer

Damals entstand ihr erster Lyrikband, mit dem sie sich sofort deutlich von den formalen Experimenten ihrer Zeitgenoss*innen abhob. Ihr Wagnis liegt nicht im Abklopfen der Sprache auf explosive Semantik. Sie zielt; und trifft. *Ein Apfel liegt auf dem Kopf des Kindes, / wie auf den Köpfen aller Kinder der Stadt*, heißt es, bevor sich herausstellt, diese Äpfel sind ein Vaterschaftstest. Wer schießt, kann nicht der Vater sein. Aber wie viele potenzielle Väter überlebt ein Kind? Lleshanaku nimmt uns sanft an der Hand, zieht uns an den Rand des Abgrunds unseres Selbst. *Sprache erodiert uns, / macht uns zu Einsiedlern.* Sie erzählt. Unser Leben, unser Sprechen. *Eine neue Sprache ist wie ein Fisch: / zuerst entfernst du das Rückgrat, / dann kaust du langsam und vorsichtig.* Reime und Gleichklänge vermied sie, schon bevor sie 1999 mit »Antipastorale« ihren unvergleichlichen Ton fand.

»Die Frau und die Giraffen« stammt aus jener Zeit und lässt als Auftakt des vorliegenden Bandes ahnen, was Lleshanaku vor »Kinder der Natur« veröffentlichte.

Eine Frau vermisst etwas, das sie nie hatte; ist Zeichnung und Lebewesen zugleich, die Bildsprache erinnert an die Malerei Marc Chagalls, wo Mensch und Umgebung ineinander übergehen und sich an den Übergängen auflösen, das Gedicht könnte auch eine Darstellung von Lleshanakus (Un-)zugehörigkeitsgefühls zu Albanien sein.

Emigranten und Reisende bevölkern ihre Textwelt, Schiffe sind nicht zufällig eine wiederkehrende Instanz. Das Mittelmeer galt den Albanern bis März 1991 als Versprechen von Freiheit; bis sich sogar das als Betrug erwies. Die beschwerliche Seereise auf einem der überladenen Schiffe, auf denen Zehntausende Albanerinnen und Albaner versuchten, »Europa« zu erreichen, konnte auch damit enden, dass man über Bord fiel und ertrank oder, kaum hatten die Füße in Bari den Boden berührt, per Flugzeug wieder an den Ausgangspunkt zurückgeschickt wurde. Obwohl Luljeta Lleshanaku diesen Weg nicht gewählt hat, ist das Meer eins der Referenzsysteme in ihrer Poetik. *Das Meer, in das alle Flüsse der Welt münden, auch der deine / innerhalb von Sekunden wandelt sich der Geschmack, / von süß nach salzig und tiefer unten / bitter.* In »Es nähert sich …« vergleicht sie das Älterwerden mit einem Ozean, zugleich liefert sie mit diesem Vers eine treffende Metapher für die ephemere Substanz der Freiheit. Frei wofür? Frei um alt zu werden? *Die Freiheit war kein Raum. / Freiheit war ein vertikaler Aufstieg, / das Abwerfen von Sandsäcken aus dem Ballon, / eine furchterregende Schwebe.*

Für mich, die ich ebenfalls vom Meer kommend einreiste, aber von der anderen Seite, ich bestieg die Fähre 1992 in Triest, war das Land paradoxerweise genau das Gegenteil dessen, was es für seine Bewohner in den Jahrzehnten davor gewesen war; für mich bedeutete Albanien Freiheit. Tirana war die erste Großstadt, die ich siebzehnjährig und allein reisend kennenlernte. Dort traf ich die ersten Dichter*innen, ganz selbstverständlich gingen sie davon aus, dass ihre Texte Öffentlichkeit verdienten, schrieben nachts, arbeiteten tagsüber etwas anderes; dort gab es die coolsten Cafés, die besten Partys, die tanzbarste Musik. Alle sprachen diverse Sprachen, die sie nicht in der Schule gelernt hatten, sondern im Fernsehen.

Von ihnen lernte ich die Macht des geschriebenen Satzes.

Der geschriebene Satz

Das Albanische gehört zur indogermanischen Sprachfamilie und ist seit dem 15. Jahrhundert schriftlich belegt. Gegenwärtig ist es offizielle Amtssprache in Albanien, Kosovo, Nordmazedonien und Minderheitensprache in Italien, Kroatien, Serbien und anderen Gebieten Südosteuropas. Die albanische Diaspora umfasst ebenfalls mehrere Millionen Sprecher*innen. Insgesamt werden die Sprecher*innen der albanischen Sprache weltweit auf ungefähr 9 Millionen geschätzt – zum Vergleich: Deutsch wird von etwa 130 Millionen Menschen gesprochen.

Die Verschriftlichung und Vereinheitlichung der Sprache, wie sie derzeit von den Schriftstellern in Albanien (im Kosovo gibt es gewisse Unterschiede) verwendet wird, erfolgte sehr spät, beginnend mit einem Treffen von Intellektuellen zum Kongress von Monastir im heute mazedonischen Bitola im Jahr 1908. Die Schreibung in lateinischer Schrift mit einigen Sonderzeichen, wie dem E mit zwei Punkten (ë), wurde damals festgelegt.

Vor 1908 wurde das Albanische kaum geschrieben und wenn, dann häufig in arabischer, griechischer oder persischer Schrift. In der Kunst gab man, bedingt durch die fünfhundertjährige Herrschaft der Osmanen, dem Türkischen oder Arabischen den Vorzug. Die Veränderung dieser Situation im 20. Jahrhundert ist vor allem den nationalistischen Bestrebungen, zuerst der albanischen Nationalbewegung (*Rilindja*), dann der diktatorischen Führung Enver Hoxhas zu verdanken, er zwang jede und jeden schreiben zu lernen. Bis in die 1960er Jahre waren in ländlichen Gebieten mehr als 90 % der Bevölkerung Analphabeten.

Vielleicht ein Grund, warum das Adjektiv »analphabetisch« in Lleshanakus Lyrik an ungewohnten Stellen auftaucht. Wie in »Verspäteter Körper« die Gegenstände in einem auf dem Flug verspätet angekommenen Koffer *analphabetisch / auf den leeren Rollbändern der Transitflughäfen kreisen.*

Die Dichterin formuliert in scharfsinniger Hellsichtigkeit die Schwachstellen des Zusammenlebens unter Menschen, legt ihre Worte als kühlende Bandagen auf unser Unvermögen, angemessen mit der Natur umzugehen, und nimmt mit präzise gesetzten Nebensätzen vorweg, was mehr als ein Jahrzehnt später den Kern unserer Existenz trifft: *Wer zum Überleben gestempelt ist, / wird seinen Nachwuchs fressen wie der Polarbär, / der nichts von der Klimaerwärmung merkt.*

Der Band schließt mit »Urbi et orbi«, einem Zyklus, der im April 2020 im ersten Lockdown der Covid-19-Pandemie entstand, als Luljeta Lleshanaku mit der betagten Mutter in Tirana festsaß, während Tochter, Enkelkind und Mann sich im plötzlich unerreichbar gewordenen New York befanden. Ihr gelingt es, darüber etwas zu schreiben, das überrascht und predigt zugleich, frisch gepflückt vom Baum der Erkenntnis im eigenen Garten: *Der Tod nimmt denselben Weg / wie die Liebe: / ein Händedruck, eine Berührung, ein Flüstern ins Ohr …*

Auch weil sie in einer der unbekannteren Sprachen unseres Kontinents spricht, wenn sie vorführt, wie das Miteinander unterschiedlicher Positionen möglich wäre, und so Zugänge öffnet, die uns sonst verwehrt blieben, ist Luljeta Lleshanaku eine der wichtigsten Dichter*innen des heutigen Europas.

Andrea Grill

Quellen

Die in diesem Band versammelten Gedichte erschienen im Original in den Bänden *Palca e verdhë*, BUZUKU, 2000, *Fëmijët e natyrës* OMBRA GVG, 2006, *Pothuajse dje*, OMBRA GVG, 2012, *Homo Antarcticus*, OMBRA GVG, 2015.
Der Zyklus *Urbi et orbi* erscheint hier erstmals in Druck.
Die Auswahl wurde in Absprache mit der Autorin getroffen.

Die Gedichte »Ins Gesicht gestempelt«, »Erzählung in der dritten Person«, »Das Schlängeln der Freiheit«, »Gelbe Bücher«, »Das Geheimnis der Gebete«, »Gedanke mit Schaum im Gesicht«, »Mama, ich und die Sicherheitsinstruktionen«, »Vertikale Realitäten«, »Männer«, »Die Geige«, »Wenn es kein Wasser gibt«, »Du bist eine von uns«, »Der Geruch von Milch«, »Auf der Liste der zu erledigenden Dinge«, »Am namenlosen Ort«, »Sie beeilen sich zu sterben« erschienen erstmals auf Deutsch in *Kinder der Natur*, Edition Korrespondenzen, Wien 2010.

Das Gedicht »Kamillenatem« erschien erstmals auf Deutsch in *Grand Tour, Reisen durch die junge Lyrik Europas*, herausgegeben von Federico Italiano und Jan Wagner, Carl Hanser Verlag 2019.

Die albanischen Originaltexte der ersten vier Gedichte folgen den Ausgaben *Palca e verdhë*, BUZUKU, 2000, und *Pothuajse dje*, OMBRA GVG, 2012.

Inhalt

Die Stiftung Lyrik Kabinett unterhält in München die zweitgrößte auf Lyrik spezialisierte Bibliothek Europas mit aktuell ca. 65 000 Bänden, darunter zahlreiche hochwertige Künstlerbücher. Im Lyrik Kabinett finden regelmäßig Lesungen deutschsprachiger und internationaler Poesie statt, das Spektrum reicht dabei von der Antike bis in die Gegenwart. Die Stiftung führt kreative Programme an Schulen durch, sie fördert eine lebendige Lyrik-Szene genauso wie das Bewusstsein für literarische Traditionen über Sprach- und Kulturgrenzen hinweg.
Die Stiftung ist entstanden aus einer mäzenatischen Initiative und wird unterstützt durch einen Freundeskreis. Wenn Ihnen Gedichte und der Austausch über sie wichtig sind, besuchen Sie uns:

Stiftung Lyrik Kabinett
Amalienstraße 83a
80799 München

www.lyrik-kabinett.de
www.facebook.com/lyrikkabinett

LYRIK KABINETT

Die Übersetzerin dankt dem Deutschen Übersetzerfonds für die Unterstützung der Arbeit an diesem Buch durch ein Exzellenzstipendium.

Die Herausgabe dieses Werks wurde gefördert durch TRADUKI, ein literarisches Netzwerk, dem das Bundesministerium für europäische und internationale Angelegenheiten der Republik Österreich, das Auswärtige Amt der Bundesrepublik Deutschland, die Schweizer Kulturstiftung Pro Helvetia, die Interessengemeinschaft Übersetzerinnen Übersetzer (Literaturhaus Wien) im Auftrag des Bundesministeriums für Kunst, Kultur, öffentlichen Dienst und Sport der Republik Österreich, das Goethe-Institut, die S. Fischer Stiftung, die Slowenische Buchagentur, das Ministerium für Kultur und Medien der Republik Kroatien, das Ministerium für Gesellschaft und Kultur des Fürstentums Liechtenstein, die Kulturstiftung Liechtenstein, das Ministerium für Kultur der Republik Albanien, das Ministerium für Kultur und Information der Republik Serbien, das Ministerium für Kultur Rumäniens, das Ministerium für Bildung, Wissenschaft, Kultur und Sport von Montenegro, die Leipziger Buchmesse, das Ministerium für Kultur der Republik Nordmazedonien und das Ministerium für Kultur der Republik Bulgarien angehören.

traduki

www.lyrik-kabinett.de
www.hanser-literaturverlage.de

1. Auflage 2021

ISBN 978-3-446-27080-0
© Luljeta Lleshanaku
All rights reserved
Alle Rechte der deutschen Ausgabe
© 2021 Carl Hanser Verlag GmbH & Co. KG, München
Umschlag: Peter-Andreas Hassiepen, München
Foto: © Jo Lendle
Satz im Verlag
Druck und Bindung: Friedrich Pustet, Regensburg
Printed in Germany

FSC
www.fsc.org
MIX
Papier aus verantwortungsvollen Quellen
FSC® C014889